다시 사는
재벌가
망나니

다시 사는 재벌가 망나니 34

2023년 9월 21일 초판 1쇄 인쇄
2023년 9월 26일 초판 1쇄 발행

지은이 맹물사탕
발행인 강준규

기획 이기헌 왕소현 임동관 박경무 강민구 조익현
책임편집 금선정
마케팅지원 이원선

발행처 (주)로크미디어
출판등록 2003년 3월 24일
주소 서울시 마포구 마포대로 45 일진빌딩 6층
Tel (02)3273-5135 Fax (02)3273-5134
홈페이지 rokmedia.com E-mail rokmedia@empas.com

ISBN 979-11-408-1412-1 (34권)
ISBN 979-11-354-9456-7 04810 (세트)

다시 사는 재벌가 망나니

맹물사탕 현대 판타지 장편소설

◇ 34 ◇

ROK MEDIA
로크미디어

Contents

1장

1층에서 내린 오명태는 자연스럽게 조세화의 캐리어를 끌었다.

"입구까지 가면 되지?"

"아, 아뇨. 여기까지만 해 주셔도 괜찮아요. 감사합니다."

"에이, 그래도."

그런 두 사람에게 어느 남자가 다가왔다.

"무슨 일입니까?"

혹시 실랑이를 하는 것처럼 보였을까, 오명태가 해명하려는데 조세화가 먼저 입을 뗐다.

"수길 아저씨."

응? 아는 사람인가?

그들에게 다가온 건 조세화의 수행원인 한수길이었다.

"이분이 짐 옮기는 걸 도와주셨어요."

조세화의 말에 한수길은 오해가 풀렸는지, 그에게 정중히 인사했다.

"그런 줄도 모르고…… 실례했습니다."

"아뇨, 아닙니다."

조세화의 한마디에 자신보다 한참 위인 나이대의 어른이 곧장 오해를 풀곤 아무런 망설임도 없이 정중히 사과하자 오명태는 당황했다.

"제가 오지랖이 넓었던 모양입니다, 하하……."

멋쩍게 웃은 오명태는 그제야 캐리어를 조세화에게 양도했다.

"그럼 고마웠어요, 오명태 씨."

"그래. 잘 가렴."

그렇게 조세화는 발걸음을 옮겼고, 한수길은 자연스럽게 조세화에게 캐리어를 양도받아 그 뒤를 따랐다.

'흠, 저 여자애, 어느 댁 아가씨였나?'

그런 건 드라마 속에서만 존재하는 줄 알았는데.

'아니. 그렇게 따지면 오늘 만난 이성진 사장님도……. 쩝, 여전히 도깨비에 홀린 기분이군.'

오명태는 머리를 긁적이곤 로비로 향했다.

"여기다."

강이찬을 찾아 주위를 두리번거리던 오명태는 자신을 부르는 목소리에 고개를 돌렸다.

오명태는 이내 호텔 로비에 비치된 원형 소파에 앉아 있던 강이찬을 발견할 수 있었다.

"오셨습니까, 형님."

"……그래."

강이찬은 아직 오명태의 형님 소리가 껄끄러운 모양이었지만, 그 호칭에 대해서는 이미 엎질러진 물 취급하기로 한 듯했다.

오명태가 '오늘 여러모로 신경 써 주셔서 감사'했다는 이야기를 꺼내기도 전에 강이찬이 불쑥 물었다.

"내 동생이랑 조카는?"

그런 인사를 받는 것도 새삼스럽다는 걸까, 아니면 의외로 쑥스러움이 많은 걸까.

"객실까지 에스코트하고 왔습니다. 선희는 호텔에서 봐 주기로 해서……. 아내가 나중에 데리러 갈 겁니다."

강이찬은 짧게 고개를 끄덕인 뒤 로비 어딘가를 보았다.

"그나저나 너, 방금 보니까 조세화랑 있던데. 혹시 아는 사이였냐?"

오명태는 강이찬의 말에 담긴 미묘한 뉘앙스를 눈치채지 못하고 눈을 동그랗게 떴다.

"어라, 형님도 아시는 애였습니까?"

"그래."

"하하, 이거 참. 인연도 묘하네요. 그러면 지금이라도 가서……."

"됐고."

강이찬이 다시 고개를 돌려 오명태를 보았다.

"그래서 어떻게 아는 사이냐?"

"하하, 아는 사이고 자시고 할 것도 없습니다. 객실에서 끙 끙거리며 짐을 끌고 나오는 걸 도와준 것뿐이죠. 그런데, 형 님도 아시는 애라니 누굽니까?"

뭐야, 따로 알고 지내는 건 아니었나.

방금 함께 있던 것도 말 그대로, 어디까지나 우연이었던 모양이다.

"뭐, 자네도 곧 알게 될 테지만…… 네가 들어갈 회사의 대 표님이시다."

"예?"

오명태는 순간적으로 강이찬이 무슨 말을 하는 건지 몰라 고개를 갸웃했고, 강이찬은 그런 오명태를 보며 담담히 말을 이었다.

"J&S컴퍼니 대표. 사장님이 주신 서류에 쓰여 있었지 않 나?"

그러고 보니, 그런 이름이 있었던 것 같기도 하고…….

"아!"

오명태는 그제야 조세화가 누구라는 걸 떠올렸는지 새삼스
런 얼굴로 조세화가 사라진 방향을 향해 고개를 홱 돌렸다.

"그럼 방금 그 애가 조광의…….'

"그런 거다."

강이찬의 말을 듣고서 오명태는 혹시 자신이 조세화에게
폐를 끼치지나 않았는지 괜스레 마음이 켕겼다.

그런 오명태를 물끄러미 보던 강이찬이 자리에서 일어섰
다.

"그러면 가지."

"아, 네!"

허둥지둥 강이찬의 뒤를 따라 정문으로 나갔더니, 고급 세
단이 대기하고 있었다.

"왔나?"

뒷좌석 창문이 열리며 구봉팔이 말을 건넸고, 강이찬이 고
개를 끄덕였다.

"예."

"그러면 그쪽이…….'

누군지는 모르지만 오명태는 엉겁결에 묵례를 했고, 고개
를 까딱여 그런 오명태의 인사를 받은 구봉팔이 고개를 돌
렸다.

"일단 타지."

그렇게 뒷좌석에는 구봉팔과 강이찬이, 조수석에 오명태

가 올라 탄 구도로 차가 출발했다.

'그런데, 누구지?'

그를 따라 올라타기는 했지만, 강이찬이 예의바르게 나오는 걸 보면 설마, 또 재벌?

'아니, 그런 느낌은 아닌데.'

오명태는 힐끗, 운전기사를 보았다.

'형님 옆에 앉은 저 남자나 운전기사에게서 왠지 그쪽 바닥 사람 냄새가 난단 말이야.'

구봉팔이 입을 연 건 차가 얼마간 움직인 뒤였다.

"오명태라고 했나?"

"예, 그렇습니다."

"이야기는 많이 들었네. 이찬이 매제라면서?"

"그렇습니다."

"그렇군. 나는 구봉팔이라고 하네."

구봉팔이 빙긋 웃으며 덧붙였다.

"부산에서는 박진호라는 이름을 썼지."

"아."

박진호라는 이름은 들어 보았다.

구봉팔이 말한 박진호는 부산 조폭 연합이 결성될 당시 오르내린 이름이었다.

하지만 하필이면.

"그, 그러셨군요."

"음, 그래도 직접 만난 건 오늘이 처음이군."

"……예."

구봉팔의 정체가 누구라는 걸 알고 나니 오명태는 입안이 바싹 마르는 기분이었다.

그도 그럴 것이, 의도한 바는 아니었다고 하지만 그가 부산에 있을 때 오명태 아래에 있던 똘마니들이 그를 습격한 전적이 있었다는 것이 생각난 것이다.

'형님은 왜 이 사람을 내게…….'

설마, 이대로 묻어 버리려고?

그럴지도 모른다.

강이찬은 어쨌건 그의 동생을 뺏어간 오명태를 고깝게 보지 않고 있었으니까.

그나마 희망을 품어 볼 수 있는 건, 구봉팔이 오명태에게 적대적인 것처럼 보이지는 않는다고 할까.

오명태가 정중히 고개를 숙였다.

"그때 일은 무척 죄송했습니다."

"뭘, 신경 쓰지 말게."

구봉팔은 별걸 다 말한다는 듯 손을 내저었다.

"그건 사고였으니까. 사업을 하다 보면 그 정도 해프닝은 다반사 아닌가?"

칼에 맞는 걸 다반사라고는 하지 않는데.

"흠, 그게 아니면 자네가 시켰다거나?"

"아, 아닙니다. 결단코 그러지 않았습니다."

"하하, 농담일세. 자네가 나를 너무 어려워하는 거 같아서."

그러면서 구봉팔이 덧붙였다.

"이찬이 이 친구의 매제면 나한테도 동생인 셈이지. 그러니 편하게 부르게."

"예……. 형님."

"음."

구봉팔이 씩 웃으며 강이찬을 보았다.

"꽤 좋은 친구 같은걸?"

"……글쎄요."

강이찬은 그 견해를 긍정하지는 않았다.

"아무튼 자세한 이야기는 거기 가서 이야기하지."

오명태는 괜히 운전기사의 눈치를 살피며 대답했다.

"예."

아마, 그는 오늘 자신을 데리고서 부산에서 일이 현재 어떻게 진행되고 있는지 물어보려는 것이리라.

'그런데 아무리 가족이라지만…… 말해도 되나?'

뭐, 구봉팔이 실은 박진호였다는 걸 알고 나니 그도 이해 당사자 중 한 명인 건 알게 되었지만.

그런 그도 '자세한 이야기는 거기 가서'라는 단서를 단 걸 보면, 이 차 안에서도, 운전대를 맡긴 심복에게도 별로 알리고 싶지 않다는 것이리라.

'그야…… 엮여서 좋은 일이 없는 것도 사실이니.'

게다가 구봉팔이 방금 전 '그때' 일을 언급할 때도 주어는
생략하고 있었으니까.

'조심하긴 해야겠어.'

얼마간 시내를 달린 차는 구봉팔이 소유한 업소 중 한 곳
에 도착했다.

오명태는 모르는 일이지만, 그들이 도착한 곳은 얼마 전
구봉팔이 습격당한 술집이기도 했다.

"어서 오십시오!"

구봉팔은 매니저의 깍듯한 인사를 뒤로하며 방으로 향했
고, 그 방은 또 한편 공교롭게도 습격이 일어났던 그 장소였
지만 오명태는 그런 일도 알지 못했다.

"좋은 술집 같군요."

딱히 빈말은 아닌 오명태의 말에 구봉팔이 픽 웃었다.

"꽤 잘 아는군. 내 입으로 말하긴 뭣하지만 꽤 괜찮은 업소
라는 건 자부하고 있거든."

그러며 구봉팔이 강이찬을 힐끗 쳐다보았다.

"반면에 이 친구는 유흥에 별 흥미가 없는지, 그런 건 잘
모르더라고."

"아……. 예."

구봉팔이 오명태에게 물었다.

"그러면 자네, 아가씨라도 불러 줄까?"

그 말에 강이찬이 눈살을 찌푸리며 구봉팔을 보았다.

"형님."

"농담이야, 농담."

웃음을 터뜨린 구봉팔이 웃음기를 머금은 채 오명태를 보았다.

"자네도 까다로운 매형을 다 뒀군."

"아닙니다. 저도 그런 건 별로 좋아하지 않아서요."

"그런 것치고는 잘 아는 눈치인데?"

"그냥 이쪽 일에 잠시 발을 담근 적이 있어서 그럴 뿐입니다."

"아, 그랬군. 경력직 실무자를 몰라보았네."

그렇게 몇 차례 농담 섞인 이야기가 오가고, 종업원이 테이블을 세팅한 뒤에야 구봉팔은 웃음기를 거뒀다.

"그럼."

어조를 진지하게 고친 구봉팔이 따른 술을 오명태에게 내밀었다.

"우선 식구가 된 걸 축하하네."

"감사합니다."

구봉팔이 고개를 끄덕였다.

"강이찬 이 친구가 나에 대해 별 이야기를 하지 않은 것 같으니까 정식으로 소개하지. 나는 지금 조광 그룹에서 이사

직함을 달고 있는 구봉팔이라고 하네."

역시 박진호(구봉팔)는 조광 그룹 사람이었나.

오명태는 구봉팔의 뒤늦은 소개에 자신을 어떻게 소개하면 좋을지 잠시 생각했다가 입을 뗐다.

"J&S컴퍼니 전무이사 오명태입니다."

"후후."

구봉팔이 웃었다.

"벌써 자세가 됐군."

그는 오명태의 대답이 마음에 든 모양이었다.

'광남파 어쩌고라고 말하지 않아서 다행이군.'

구봉팔이 불쑥 물었다.

"아, 명태 자네, J&S컴퍼니가 뭐 하는 회사인지는 알고 있나?"

오명태는 괜히 강이찬의 눈치를 살피며 대답했다.

"실은 아직…… 잘 모릅니다."

자신을 서울로 올려 보낸 김철수도 J&S컴퍼니가 뭐 하는 회사인지는 말하지 않았다.

"그렇군. 뭐, 나도 오늘 주주총회가 있기 전까진 잘 몰랐으니까."

구봉팔이 손목으로 찬 속에 든 얼음을 빙글빙글 돌려 저으며 소파에 등을 붙였다.

"그 전에도 이성진 사장님이나 세화에게 듣기는 했지만 말로만 들어서는 잘 모르겠더군. 아, 방금 말한 세화란 건 조세화라고……. 자네도 조세화 정도는 알고 있겠지?"

오명태가 쓴웃음을 지었다.

"예. 저희 대표님 말씀이죠?"

한편, 말하는 걸 들으니 그는 조세화며 이성진과도 잘 알고 지내는 사이인 성싶었다.

"그래, 안다니 됐군."

구봉팔이 슬쩍 웃으며 말을 이었다.

"아무튼 조금 멀리 돌아가 한솥밥을 먹게 된 처지이니 말하자면, 자네가 들어간 거긴 조세화가 이성진 사장님과 함께 설립한 회사로, 오늘 막 주주총회 결의에 그 이름을 올렸네."

그렇다는 건 J&S컴퍼니는 갓 생긴 따끈따끈한 회사 정도가 아닌, 아직 정식으로 출범하지도 않은 회사란 의미였다.

"그러면 형님, J&S컴퍼니는 아직 설립에 대한 결의 결과도 나오지 않은 상황이 아닙니까?"

"별다른 일이 없다면 그대로 진행될 테지."

구봉팔이 담담한 말씨로 답했다.

"자네는 그 자리에 없었으니 잘 모르겠지만 주주들의 반응이 꽤나 뜨거웠거든. 게다가 이번에 선임된 신임 CEO도 그 일에 정력적으로 찬동하고 나서는 느낌이었고……. 아무리 이사회가 회사 내부를 쥐락펴락하는 중이라지만 이렇게 된 이상 대세를 거스르진 못하겠지. 그때 현장 분위기로 보면,

아마 내일 아침 뉴스는 조광 그룹 임시 주주총회 이야기로 꽤 떠들썩할 거 같거든."

구봉팔은 마치 자신이 바라보는 건 그 너머에 있는 것처럼, 조광의 치부일 수도 있는 내용을 아무렇지도 않게 말했다.

"그렇다고는 하지만 공식적인 출범은 결의 결과가 발표된 이후가 될 거야. 그룹에서는 그사이 물 밑에서 눈치 싸움이 시작될 거고."

조성광과 조설훈, 조지훈의 잇따른 사망으로 조광 경영진이 혼란스럽다는 이야기는 들었지만, 그 혼란은 오명태가 아는 것보다 심각한 것처럼 들렸다.

'오늘 술자리에서 부산 조폭 쪽 이야기만 할 줄 알았더니, 그런 것만은 아니었군.'

이 자리는 사실상 이제 '믿을 만한 식구'가 된 오명태로 하여금 신고식 겸, 앞으로 그가 몸담게 될 회사 정보를 공유하는 자리이기도 한 것이었다.

'그래도 내 입장이야 명확하지만.'

오명태가 조심스럽게 물었다.

"구봉팔 형님, 형님의 말씀을 들으니 조광 그룹 내부 파벌이 꽤 혼란스러워 보입니다만, 혹시 심각한 상황입니까?"

"그렇지."

구봉팔이 술을 한 모금 마셨다.

"게다가 얼마 전 자네도 잘 알고 있는 광금후까지 실각되

다시피 한 상황이고 하니, 이사회에 속한 각각은 지금 자신이 어느 파벌에 속해 있는지조차 잘 모를 거야. 오늘 상황만 봐서는 광금후가 본사 쪽에 꼬리를 내린 것처럼 보였거든."

"……."

잠자코 있던 강이찬이 툭 끼어들었다.

"광금후가요?"

"음. 광금후는 오늘 의장 역할을 맡아서 중립을 지키며 주주총회를 진행했지만, 그 광금후가 '중립을 지켰다'는 것부터가 여러 해석의 여지를 남기는 일이지. 최소한 내 해석은 그래."

예정대로라면 광금후가 주주총회를 쥐락펴락해야 했겠지만, 그는 그러지 않았다.

그도 그럴 것이 광금후는 지금 마약 밀매 혐의로 경찰 조사를 받고 있는 처지에 몸을 사려야 했고, 광금후가 경찰 조사를 받고 있다는 것도 알 사람은 아는 내용.

광금후도 괜히 나댔다가 조세화가 무마해 준 마약 밀매 건이 수면 위로 부상하는 것만큼은 막고 싶을 것이다.

"말이 나온 김에 여쭙습니다만 광금후는 이제 어떻게 됩니까?"

"소문에는 세화가 필리핀 지사직을 권했다더군. 사실상 유배라고 할 수 있겠지."

"흐음."

강이찬은 구봉팔의 말을 들으며 조세화의 처분이 꽤 미적

지근한 것 같다고 생각했다.

'광금후가 한 짓에 비하면 그렇다는 거지만.'

강이찬은 속으로 생각하며 구봉팔에게 물었다.

"신임 CEO는 어떻습니까? 저는 그 시간에 아래에 내려가 있는 바람에 보질 못해서."

"뭐어."

구봉팔이 턱을 긁적였다.

"약력 하난 화려하더군. 다만 아직까지는 그가 이사회 편인지 아닌지 잘 모르겠어. 어쨌건 그 자리에서 조세화의 편을 들어 준 것은 분명해 보이는데…….."

잠시 생각하던 구봉팔이 술을 한 모금 마셨다.

"그래도 아직은 어떤 성향의 인물인지 파악을 못 했다는 것에 가까워. 따지고 보면 이번 결의에 붙인 합자회사 건도 그로 인해 조세화 파벌이 대두된다거나 할 만한 일은 아니니까."

즉, 그 자리에서 조세화를 옹호한 듯 보인 이철희의 행동도 해석하기에 따라서라는 의미였다.

"한편으론 그를 손바닥에 올려 두고 쥐락펴락할 수 있는 허수아비로 생각하던 이사회에 한 방 먹인 것도 사실이지. 본사 녀석들은 그런 이철희를 기대하는 눈치고."

구봉팔이 술잔을 내려놓았다.

"더욱이 이로 인해 조광 그룹에서 새로운 파벌이 생길 것처럼도 보이니, 나는 당분간 추이를 지켜보고 행동 방침을 결정할 생각이네."

오명태가 눈치를 살피며 물었다.

"그러면 혹시 형님께서는 어느 쪽에 속해 계십니까?"

"지금은 어느 쪽도 아니야."

잠시 생각하던 구봉팔이 덧붙였다.

"굳이 말하자면 조세화의 편……이지."

조세화의 편이라.

조세화가 조광 그룹 파벌 다툼에서 뒤로 한발을 뺀 현재 상황을 감안하면, 조세화는 혹시 이번 합자회사 이후의 일도 염두에 두고 있는 건 아닐까.

그것과 관련해 더 이야기하고 싶지 않은 것인지, 아니면 별로 할 말이 없는 것뿐인지, 구봉팔이 어조를 바꿔 말을 이었다.

"그보단 부산 상황이 궁금하군. 어떻게 돌아가고 있나?"

"아, 예."

오명태가 자세를 바로 하며 대답했다.

"두 분이 서울로 복귀하시고 꽤 많은 일이 있었습니다."

오명태는 지금 부산 조폭 연합이 본격적으로 마약 거래를 준비 중이며, 자신은 그 거래를 준비 중이라는 것을 밝혔다.

"꽤 본격적이군."

구봉팔의 소회에 오명태는 쓴웃음을 지었다.

"물론 이번 거래는 어디까지나 칼리 카르텔의 신뢰를 얻기

위함이고, 그 마약이 국내에 나도는 일은 없을 겁니다."

"그야 그렇겠지."

"예. 얼마 전에는 경찰 측 인원도 저희 팀에 합류했고요. 이번 거래로 거래 루트가 확정되면 그때부턴 DEA와 공조해서 그쪽을 아예 뿌리 뽑을 작정입니다."

강이찬이 끼어들었다.

"자네는 방금 그 마약이 국내에 나돌 일이 없다고 했는데, 놈들도 자기 주머니에 들어오는 게 보이질 않으면 다음 거래에 나설 일이 없지 않을까?"

"아……. 예. 물론입니다. 그래서 이번에 들여올 마약은 일단 야쿠자 측에 넘길 생각입니다."

강이찬이 눈썹을 씰룩였다.

"야쿠자?"

"예. 국내에는 아직 그 정도 물량을 소화할 시장이 없으니까요. 그래서 추후 J&S컴퍼니를 통해 그 물량을 소화할 준비를 할 거란 식의 작전이 오갔습니다."

J&S컴퍼니를 그런 일에 끌어들인다니, 강이찬으로서는 금시초문이었다.

"그게 무슨 소리냐?"

"예? 말씀드린 대로의 내용입니다만……."

"우리 사장님을 끌어들인다니, 사장님도 알고 계신 내용인가?"

강이찬의 살기등등한 질문에 오명태는 저도 모르게 어깨를 움츠렸다.

"그건…… 저도 잘 모르겠습니다."

"……."

하긴, 생각해 보면 이번 작전에 민간 기업을 끌어들이는 건데 그 일에 강이찬이 화를 내지 않는 것도 이상한 일이다.

'실수…… 했나?'

삽시간에 분위기가 험악해지려 하자, 구봉팔이 둘 사이에 끼어들었다.

"이 친구가 입안한 내용도 아니지 않나. 이찬이 자네, 화낼 상대를 잘못 골랐네."

"……예. 말씀대로입니다."

강이찬이 마지못해 납득하는 눈치이자 구봉팔은 고개를 끄덕인 뒤 오명태를 보았다.

"하나, 그 이야기는 조세화도 관계된 일이니 나도 조금 더 자세히 알아봐야겠군. 아무리 중요한 작전이라 하더라도 그런 일에 민간 기업을 끌어들여서야 나중에 괜히 불똥이 튀지 않겠나?"

"저, 저도 그렇게 생각합니다."

오명태는 이들에게 괜한 말을 꺼냈나 싶은 얼굴을 지우며 대답했다.

"이 상황에 드릴 말씀은 아닙니다만, 어디까지나 그런 것처럼 보이도록 할 뿐이지 실제 거래로 이어지지는 않을 겁니다."

"그건 당연하지."

구봉팔이 인상을 찌푸렸다.

"그렇다고는 하나 나중에 이 일로 무언가 꼬투리 잡힐 일이라도 생긴다면 우리도 좌시하지 않을 거란 의미일세."

"예."

"어쨌거나……."

구봉팔이 강이찬을 보았다.

"이성진 사장님과 이 일로 상의를 해 보긴 해야 할 것 같군. 자네가 시간을 만들어 보겠나?"

"예, 해 보겠습니다."

"좋아. 그러면 이 일은 일단 여기서 마무리하지."

'일단 여기서 마무리'하기로 했지만, 본의 아니게 술자리는 꽤 불편한 분위기 속에서 진행되었다.

다음 날이 되자 자료 정리가 끝났는지, 각 언론사는 J&S컴퍼니에 대해 본격적으로 떠들어 대기 시작했다.

조세화가 사업 설명회에서 말한 내용을 두고 누군가는 대한민국의 미래상이라고 하였고, 누군가는 허무맹랑한 소리라며 냉소했다.

'그게 허무맹랑한 건지 아닌지는 나중에 알게 되겠지.'

그 내용은 의외로 초등학생들 사이에서도 화재였다.

대표라며 나온 조세화가 자신들보다 고작 한 살 많은 누나 (언니)여서 그런 걸까, 애들은 집에서 가져온 신문을 펼치며 저마다 무어라 꺅꺅대며 떠들어 댔다.

"야, 이성진."

자리에 앉아 서류를 검토하고 있으려니, 김민정이 내게 슬쩍 다가와 물었다.

"오늘 뉴스에 나온 J&S컴퍼니라는 곳, 너네 회사랑 합…… 뭐였지? 오빠한테 뭐라고 들었는데."

"합자회사?"

"응, 그거. 합자회사. 너네 회사랑 하는 거지? SJ컴퍼니."

"맞아."

"흐응. 그러면 너, 그 언니랑 잘 알아?"

"그런 셈이지. 동업자니까. 그런데 왜?"

김민정이 어깨를 으쓱였다.

"그냥. 다들 그 언니 이야기로 난리거든. 그 왜, 따지고 보면 우리보다 고작 한 살이 많을 뿐인데 신문이며 뉴스에 이름을 알리고 있잖아?"

"그러게."

"너는 아무렇지도 않아?"

"내가 뭘?"

김민정이 눈을 가늘게 떴다.

"아니, 생각해 보면 그렇잖아. 너는 그 언니보다 더 어릴 때부터 사장이었는데, 그 언니처럼 유명하지도 않고……. 질투 같은 거 안 나니?"

별걸 다 묻는다.

"안 드는데?"

"피, 재미없게."

아무튼 초등학생도 관심을 보일 정도니, J&S컴퍼니에 대한 세간의 관심은 순조롭다 못해 대세일 지경으로 보인다.

'아무래도 초등학생들이다 보니 그 관심사가 사업 내용보다는 조세화에게 쏠려 있기는 하다만.'

그러고 있으려니 정서연이 가방을 메고 쫄래쫄래 등교해 내 옆자리에 앉았다.

"안녕."

"응, 안녕. 아, 성진이도."

정서연이 책상 걸이에 가방을 걸어 놓으며 나랑 김민정을 번갈아 보았다.

"그런데 오늘, 무슨 일 있어?"

"뉴스 안 봤니?"

"아, 응. 늦잠을 자서……. 무슨 일인데?"

"어제 조광 그룹에서 임시 주주총회라는 걸 했는데, 거기 나온 언니 이야기로 난리야."

정서연이 픽 웃었다.

"아, 그거구나. 나는 어제 저녁 뉴스에서 봤어."

J&S컴퍼니와 조광 그룹 임시 주주총회를 본격적으로 다루기 시작한 게 어제 석간신문과 밤 뉴스였으니, 정서연은 그 뉴스를 본 모양이었다.

"응, 그리고 이성진이 그 언니랑 친하대."

"그래?"

친하다고는 말 안 했는데.

'굳이 물으면 친하다고 대답은 하겠지만.'

그렇게 되니 정서연도 조금 흥미를 보였다.

"성진이는 그 언니랑 많이 친하니?"

"그럭저럭, 동업을 할 정도로는."

나는 문득 그 자리에 경찰 조사를 받고 있는 광금후가 있었다는 걸 떠올리곤 정서연에게 슬쩍 물었다.

"그나저나 요새 아저씨는 어떠셔? 잘 지내시니?"

"응? 우리 아빠?"

정서연은 갑자기 정진건의 안부를 묻는 것에 당황하기는 했지만, 곧잘 대답해 주었다.

"요즘 많이 바쁘신가 봐. 계속 야근이셔."

"그래?"

"응, 실은 오늘 지각할 뻔한 것도 아빠를 기다리다가 그랬거든."

정서연이 투덜거렸다.

"심지어 어제는 아빠 생신이었는데 말이야."

어제가 정진건 생일이었나.

초등학생들에게는 생일이 중요한 연례행사지만, 나나 장건후 나이쯤 되면 그냥 또 한 살 먹었구나, 하는 정도의 감상뿐이긴 하다.

"아, 그래서 어제는 아저씨 퇴근 기다리다가 늦게 잔 거니?"

김민정의 말에 정서연이 고개를 끄덕였다.

"응."

광금후에 대한 경찰 수사는 밤샘 수사에도 불구하고 지지부진한 모양이었다.

'광금후가 연루된 마약 밀매 건은 조세화가 잘 틀어막은 모양이군.'

모처럼 기소까지 끌고 간 사건이 별다른 성과가 없는 걸 보면 안됐단 생각은 들지만, 내게는 그럭저럭 좋은 소식이었다.

정서연이 말을 이었다.

"아, 그리고 어제는 아빠가 손님을 데리고 오셨거든. 그 아저씨랑 노느라 더 늦게 잔 것도 있어."

그렇게 말하며 정서연이 하품을 참았다.

그나저나 손님?

'혹시 양상춘인가?'

아니 양상춘은 지금 바쁜데.

내가 물을 필요도 없이 김민정이 먼저 물었다.

"어젯밤에 손님도 오셨어?"

"응, 전라도에서 오신 형사님. 저번에도 우리 집에서 묵고 가신 분인데, 이번에 아빠가 계신 곳에 정식으로 발령받으셨대."

전라도에서 온 형사라.

나는 기억을 더듬어 그 이름을 떠올렸다.

'그러니까, 이름이…… 박순길이었나?'

만나 본 적은 없지만, 예의 박상대 강도 살해 사건 때 택시기사를 현장에서 체포한 형사로 언론에서 꽤 다뤄진 기억이 났다.

'……뭐, 물론 내가 알 바는 아니지만.'

점심시간 무렵, 급식을 마치고 쉬는 시간을 이용해 서류라도 들여다보려고 하던 찰나, 방송실 스피커를 통해 나를 찾는 목소리가 들렸다.

─6학년 ○반 이성진은 교장실로 와 주세요. 다시 한번 알려 드립니다. 6학년······.

교장실에서 나를 찾는다니, 무슨 일일까.

'아니, 대강 짐작은 간다만.'

나는 나를 힐끗거리며 쳐다보는 학우들의 시선을 무시하며 교장실로 향했다.

어쩌, 이 학교 애들은 나를 음지에서 학교를 지배하는 어둠의 권력자쯤으로 여기는 눈치였다.

'아니 뭐, 회장 선거 때 저지른 짓을 생각하면 그럴 만도 하네.'

그 마음을 생각해서 졸업 전까지, 급식에 아이들이 사랑하는 영양 만점 미역줄기볶음의 비중을 늘리자고 생각하며, 나는 교장실에 노크했다.

"이성진입니다."

"들어와라."

"실례하겠습니다."

예상대로, 교장실에서 나를 맞이한 건 내 당숙이자 학교 이사장인 이태준이었다.

교장은 어디로 도망갔는지 보이질 않았고, 이태준은 자연스럽게 상석을 차지한 채 차를 홀짝이는 중이었다.

"적당히 앉아라."

"예, 당숙님."

내가 자리에 앉자 이태준이 빙그레 웃으며 말했다.

"못 보던 새 많이 컸구나. 키도 좀 더 자란 것 같고⋯⋯."

"감사합니다. 당숙님도 강녕하신 거 같아요."

"허허, 녀석. 꽤 그럴듯한 말을 하는구나."

빈말이 아니라, 이태준은 2년 전 보았을 때와 전혀 변한 것이 없어 보였다.

'정말로. 이태환이나 이미라는 조금씩 세월의 흔적이 묻어 나고 있는데 말이지.'

이태준이 빙그레 웃으며 말을 이었다.

"오늘은 오랜만에 학교로 올 일이 생겨서, 겸사겸사 얼굴이나 보자고 들렀다."

그러며 이태준은 준비한 서류를 내게 슥 내밀었다.

"크리스라고 했던가? 그 애 입학 절차."

"감사합니다."

이런 일에 이태준이 굳이 학교를 찾아와 나를 만날 필요는 없을 테니, 이것도 구실에 불과하겠지만 나는 일단 그가 내민 서류를 받아 챙겼다.

"번거롭게 해 드려 죄송합니다."

"아니다. 내가 하는 몇 안 되는 일이 이런 거니까, 하하하."

너털웃음을 터뜨린 이태준은 차를 한 모금 마신 뒤 내게 넌지시 물었다.

"들으니, 중학교는 분당에서 다니기로 했다지?"

"예. 회사도 가깝고, 이 기회에 집도 근방에 구해 두었습니다."

"허어, 아쉽구나. 이 근처 중학교로 진학한다면 내가 힘을 좀 써 줄 수 있을 텐데 말이야."

"말씀만으로도 감사합니다."

내가 미쳤다고 그러겠나.

이태준의 말은 빈말이 아닌 것이, 전생의 이성진이 저지른 패악질은 중학교, 고등학교를 올라가면서부터 더 심해졌다.

그러니 이태준이 '힘을 써 준다'는 것이 무엇을 의미하는가 하는 것쯤은 나도 잘 알고 있다.

'이성진 그 새끼가 내 다리를 부러트린 것도 중학생 무렵이 었지.'

그 일로 전생의 나는 한쪽 다리에 영구적인 장애를 입고, 지팡이를 짚고 다리를 절뚝이며 평생을 보냈다.

인정하고 싶지는 않지만 어쩌면 내가 굳이 그럴 필요가 없음에도 불구하고 집을 떠나 자취를 시작하기로 마음먹은 건, 그 당시의 일들이 여전히 내 마음에 상흔으로 남아 있기 때문일지도 모르겠다.

찻잔 너머 내 얼굴을 물끄러미 살피던 이태준이 찻잔을 내려놓았다.

"아무튼 그 애에 대한 건 신경 쓸 거 없다. 어차피 우리 학교는 귀국 자녀도 많으니, 한국어가 서툴러도 이해해 줄 아이도 많이 있을 테니까."

이태준은 내가 크리스를 걱정하고 있는 거라고 생각한 모양이었지만, 나는 그 오해를 달갑게 받아들였다.

"말씀을 들으니 마음이 놓이네요. 잘 부탁드립니다."

"허허, 성진이 너는 벌써 그 애랑 꽤 친해진 모양이구나."

친하다고 할 사이는 아니고, 어디까지나 임시 동맹이란 느낌이긴 하다만.

"네."

"말이 나온 김에 하는 이야기지만 겸사겸사 남진이 녀석이 하는 재단 쪽 일도 해결해 두었다. 바이올린을 잘 켜는 아이라지?"

"네."

"너보다 더?"

이태준의 말에 은근한 가시를 느꼈지만, 나는 모른 척 미소를 지었다.

"에이, 저는 취미로 하는 것뿐인데요."

"흐음. 그러냐? 겸손하기는. 들리는 소문과는 다르구나."

이건, 그가 이래저래 내 소문을 흘려듣지 않고 있다는 것으로 해석해도 되겠지.

"그런데 네 어머니가 그 일로 우리 재단에 들어와 주실 줄이야. 크리스라는 아이의 재능이 여간한 모양이지?"

본론이군.

'어제 오늘 세간의 화제인 J&S컴퍼니 관련한 일로 숟가락을 얹어 보려고 한 건 아니었네.'

나는 고개를 끄덕였다.

"그런 거 같아요. 백하윤 선생님께서 직접 고르셨을 정도니까요."

"그래, 백하윤 선생이 데려온 아이란 말은 나도 들었다. 나중에 그 선생이 지금 하는 일에서 내려오면 우리 재단으로 오신다지?"

"예."

나는 괜히 이태준의 경계를 사지 않기 위해 상황을 변호했다.

"따지고 보면 백하윤 선생님은 지금껏 백하윤 선생님의 이름을 딴 재단이 없던 것이 이상할 정도로 대한민국 문화계에 영향을 끼쳐 오셨으니까요."

"그건 그렇지."

이태준이 턱을 쓰다듬었다.

"나도 그분이 우리 재단에 오시는 건 무척 환영할 만한 일이라고 생각한단다."

아하, 이태준이 경계하는 건 백하윤의 합류 그 자체가 아니군.

'에둘러 말하고는 있지만, 이태준은 우리 집안이 그들 사업

에 발을 걸치려는 걸 경계하는 눈치야.'

이태준은 그 속을 읽을 수 없는 능구렁이이긴 하나, 그 안에 내재된 욕망은 단순하다.

'자신이 하려는 일, 자신의 영역에 발을 담그지 않을 것. 그러니 우리가 그 일로 재단을 집어삼키거나 하는 게 아니면 그도 상황을 납득할 터.'

나는 미소 띤 얼굴로 이태준의 말을 받았다.

"네, 그래서 저희 어머니도 백하윤 선생님이 하고 계신 일이 정리되면 선생님께 공동 이사장직을 양도하실 생각이세요. 분명 선생님이라면 그간 대한민국 문화계에 부족했던 가려운 부분을 시원하게 긁어 주시리라 기대하고 있어요."

백하윤의 이름을 내걸면, 이남진이 맡아서 하고 있는 문화 재단에도 이런 저런 후원금이 흘러들어오게 될 터.

인맥이 곧 재산인 문화예술계에 백하윤이라는 이름 석 자는 그 정도 영향력을 행사하는 것도 충분히 가능하니까.

"그러냐? 나는 네 어머니가 계속 도움을 주시는 것도 괜찮다고 보았는데."

내가 이렇게까지 말하니 이태준은 마지못해서라도 이 상황을 받아들이기 시작한 눈치였다.

"아, 물론 우리 제수씨가 바쁘지만 않다면 말이지만."

그러면서 소인배답게 여지는 남겨 두는군.

"하하, 어머니도 요즘 부쩍 바쁘셔서요. 바라신다면 말씀을 드려 볼 테지만……."

"아니, 뭐. 굳이 그럴 필요까지야."

이태준은 아무렇지 않은 척 손사래를 친 뒤, 일부러 어조를 고쳐 화제를 바꿨다.

"그나저나 네가 이 학교에 온 게 엊그제 같은데, 벌써 졸업이라니. 세월이 무상하구나."

"그러게요. 당숙님의 도움으로 무사히 졸업을 하게 되었습니다."

"허허, 내가 한 일이 뭐가 있다고."

왠지 모르게 이태준의 '네가 이 학교에 온' 날이 2년 전 그날인 양 들렸지만, 기분 탓이리라.

"아무튼 졸업까지는 이 학교 학생이니, 혹여 도움이 필요하다면 주저 말고 말하도록 하여라."

"예, 그렇게 하겠습니다."

내가 이 이상 이태준에게 빚을 만들 만한 일은 없겠지만.

"그래. 그러면 네 할아버지랑 아버지께 안부 전하고."

"예, 당숙님."

이제 용건은 끝이란 건가.

나는 나가기 전, 이태준에게 말했다.

"아, 그리고…… 이건 나중에 따로 찾아가서 인사를 할 예정이었습니다만, 남진 형님 결혼 축하드려요."

내 말에 이태준은 눈을 깜빡이더니 빙그레 웃었다.

"그래."

얼마 전, 내가 J&S컴퍼니 일로 분주하던 때 이남진과 윤선희는 결혼식 날짜를 잡았다.

원래는 조금 더 시간을 넉넉하게 잡고 이야기를 진행할 예정이었던 모양이나.

'소위 말하는 속도위반 결혼이지.'

뭐, 내 앞에서 티는 안 냈지만 내가 그런 걸 모를까.

게다가 이미 언제 결혼식을 올리느냐 하는 문제만 남아 있었을 뿐, 두 사람 사이는 공인된 사이나 다름없으니까.

'언젠가 이휘철도 둘 사이를 공인할 정도였고 말이지.'

이태준이 말을 이었다.

"어떻게 보면 며늘아가랑 남진이 녀석은 네가 엮어 준 인연이구나."

그러는 이태준은 윤선희가 썩 마음에 드는 눈치였다.

"제가 한 게 뭐가 있나요."

"허허, 네가 방과 후 교실 프로그램을 추진하지 않았더라면 만나지 않았을 인연이 아니냐."

이태준이 잠시 뜸을 들였다가 내게 말했다.

"고맙구나."

기분 탓일까, 그렇게 생각한 이유조차 긴가민가하지만, 이태준의 감사 인사는 그답지 않게 진심을 담아 말한 것처럼 들렸다.

"아닙니다. 그럼 실례하겠습니다."

"그래. 가 보거라. 쉬는 시간을 빼앗아서 미안하게 됐다."

나는 미소로 대답을 대신한 뒤, 정중히 고개를 숙여 인사하고 교장실을 나섰다.

'이제는 이태준을 상대하는 것도 예전만큼 피곤하진 않군. 그동안 나도 좀 성장한 건가?'

그렇다고 힘들지 않다는 건 아니지만.

"선배!"

교장실을 나오니, 김수연이 복도에서 나를 기다리고 있었다.

"엥? 네가 어쩐 일이냐?"

그런 걸 생각하기엔 아직 너무 어려서 그런 걸지도 모르지만, 김수연은 부친인 김보성 검사의 보복성 지방 발령 이후로도 별다른 내색을 하지 않으며 평소처럼 나를 쫄랑쫄랑 따라다니고는 했다.

"방송에서 선배 찾는 거 듣고 한번 와 봤어요. 다들 드디어 선배가 무슨 일을 저질렀다면서 기대 중이더라고요."

흠, 그렇다고 하니 나는 그 갸륵한 마음을 받아 학생들을 위한 미역줄기볶음을 급식 메뉴에 추가해 넣기로 하자.

"농담이에요. 실은 그냥 지나가는 길이었어요. 그런데 진짜로는 무슨 일이에요?"

"그냥, 예전에 이사장님에게 부탁했던 일이 있었거든."

"아, 인맥을 썼군요?"

"……개인적인 일은 아니야."

문득, 나는 내가 학교를 졸업하고 난 뒤 크리스를 챙겨(감시) 줄 사람으로 김수연이 꽤 적합하지 않은가, 생각했다.

굳이 따지면 한성아나 정수빈(정진건 형사의 차녀이자 정수연의 동생)도 있긴 하지만, 김수연은 성격이 남다른 애니까.

어느 정도냐면, 이따금씩 얘가 초등학생이 맞긴 한가 싶을 정도다.

'이 녀석이라면 내년부터 어떻게든 학교를 장악하는 건 물론이거니와 당연히 학생회장 같은 것도 할 것 같고……. 또 관현악부였지? 악기 관련 동아리도 하고 있으니 크리스와 접점도 생길 거야.'

나는 생각난 김에 말했다.

"너한테 겸사겸사 부탁 좀 해도 될까?"

"선배가요? 제게?"

"응, 조만간 1학년에 전학생이 하나 올 예정인데……."

그때 내 주머니 속 핸드폰에 진동이 울리자, 김수연은 '저는 신경 쓰지 말고 받아 보세요' 하고 입을 벙긋거리며 일부러 거리를 두었다.

'흠, 얘가 전생에 이성진이랑 관계가 실제로 결혼까지 이어졌다면…… 이성진도 좀 달라졌을까?'

실제로 김수연은 전생에 이성진과 풋사랑이랄지, 연애 비숫한 것도 한 사이였고 하니.

나는 김수연이 통화를 엿들을 거리가 되지 않을 만큼 멀어지고 난 뒤 전화를 받았다.

"여보세요?"

―아, 나다.

크리스였다.

'양반은 못 되겠군.'

나는 상대를 확인하곤 어조를 고쳤다.

"무슨 일이야?"

―어차피 쉬는 시간이잖아? 아무튼 별일은 아니고, 왕 씨 일로 할 말이 있어서.

왕 씨는 크리스가 내 보험 삼아 만들기로 한 유령인간이다.

―이래저래 그 일로 움직여 보려고 해도, 이 몸뚱이로는 한계가 명확해서 말이야. 뭔가 나대신 심부름 삼아 움직여 줄, 입이 무겁고 멍청한 똘마니 하나 좀 구해 줄 수 없나?

별일이 아니긴, 별일 맞구먼.

'흠, 그래도 그 말을 들으니 떠오르는 사람이 한 명 있기는 한데.'

나는 수화기에 대고 말을 이었다.

"알았어, 그렇게 하지."

―그래? 알았어. 그러면 적당한 때에 연락해라.

용건을 마친 크리스는 냅다 전화를 끊었다.

'뭐, 이런 녀석이니.'

전화를 마치자 잠자코 있던 김수연이 내게 따라 붙으며 물었다.

"혹시 선배가 말한 그 애예요? 전학생?"

"응, 공교롭게도."

거리가 있어서 통화 내용이 들리진 않았겠지만, 김수연은 눈치껏 통화 상대가 누구라는 걸 얼추 짐작해 냈다.

나는 핸드폰을 주머니에 찔러 넣으며 대답을 이어 갔다.

"크리스라고 해."

"크리스? 외국인이에요?"

"응. 생긴 거랑 다르게 성격이 더러우니까, 물리지 않게 조심해서 다뤄 줘."

내 말에 김수연이 배시시 웃었다.

"참고할게요."

"목포에서 올라온 박순길 형사입니다. 앞으로 잘 부탁드립니다."

공적인 자리여서 그런 걸까, 그는 꽤 그럴듯한 표준어로 자기소개를 마쳤다.

박순길의 소개가 끝나자 광수대 일동은 그를 박수로 환영해 주었다.

짧은 시간이긴 해도 박순길은 얼마 전 그들과 광수대에서 함께했던 만큼 광수대 멤버들과 일면식이 있었고, 당시에도 박순길은 그 유들유들한 성격을 앞세워―오히려 초창기 멤버인 정진건보다 더―광수대 사람들 사이에 잘 녹아들었던 것이다.

이번 박순길의 합류는―본인의 요청도 있었지만―광수대의 대대적인 인사 개편의 일환으로, 광금후 마약 밀매 혐의 건에 관한 수사가 지지부진한 광수대의 비책 중 하나였다.

박순길이 박상대를 강도 살해한 택시기사를 현장에서 체포한 것은 언론에서 앞다퉈 다룰 정도로 꽤 대단한 업적이었는데, 그런 박순길의 활약은 대중에게 광수대의 이름을 알리는 결과로 이어지기도 했으니 좀처럼 성과가 나오질 않는 광수대로서는 나름 스타 반열에 오른 박순길을 앞세워 상층부의 불만을 종식시켜 보고자 하는 계산이 있었던 것이다.

'……라고 나는 생각 중이지.'

그렇다고 박순길 본인에게 자신의 그런 개인적인 추측을 발설할 생각이 없었던 여진환은 생각을 감추며 박순길과 인사를 나눴다.

"오랜만입니다, 박순길 형사님."

"응, 그래. 잘 지내 보더라고. 인자는 형사가 돼 부렀네."

방금 전 표준어는 공적인 자리여서 그랬던 모양이다.

"예. 형사님이 돌아가시고 나서 얼마 뒤에 합류했습니다."

"뭐어, 여 순경, 아니 인자는 형사지. 암튼 여 형사라면 그럴 줄 알았어."

박순길은 그 다음 강하윤을 보았다.

"강 형사도 오랜만이요."

강하윤도 웃으며 고개를 숙였다.

"예, 박순길 형사님. 앞으로 잘 부탁드리겠습니다."

"하하, 그래요."

박순길도 웃으며 그 인사를 받았다.

"그나저나."

박순길이 목소리를 살짝 낮춰 주위를 둘러보았다.

"내가 봉께 분위기가 쪼까 껄쩍찌근한 거 같소만. 정 형사님, 어떻게 된 일인교?"

"음, 그래. 어제는 시간이 늦어서 제대로 전달을 못 했지. 까놓고 말하면, 요즘 광수대 내부는 좀 뒤숭숭하네."

정진건의 대답을 옆에서 들으며, 강하윤은 '이제 말을 놓으시네' 하고 생각했다.

여담이지만 정진건이 박순길에게 말을 놓기 시작한 것은 불과 어제 일이었다.

「이제 한솥밥 먹는 처지가 됐응께 말씀 놓으쇼잉. 지도 그게 편합니다.」

그 제안에 잠시 생각하던 정진건도 그러기로 했다.

연배로 따지나 경력으로 따지나 정진건은 박순길의 윗배였기도 하거니와, 임시 출장 중인 그를 '박 형사님' 하고 부르던 걸 박순길은 은근히 불편해하던 것이 기억났던 것이다.

정진건이 말을 이었다.

"우리는 얼마 전 조광 그룹의 계열사인 신진물산과 그 사장인 광금후에 마약 유통 가담 혐의를 적용해 수사 중인데⋯⋯."

정진건은 현재, 의욕이 앞서던 초반과 달리 그 수사가 지지부진하다는 점과 신진물산에서 그 혐의를 찾기 어렵다는 것을 설명했다.

심지어 어제는 의장 자격으로 조광 그룹 임시 주주총회를 이끌기도 했으니, 상층부에서는 광금후의 그 당당한 태도에 '정말로 조광 그룹(신진물산)이 그 일에 관여한 게 맞냐'는 추궁마저 나오기 시작했다.

설명을 들은 박순길이 짝다리를 짚고 선 채 감상을 말했다.

"흐음, 이거 아무래도 상황이 안 좋을 때 온 모양이요."

"그래. 최 검사님도 요즘 난감한 상황이더군."

그런 상황이니 광금후에 대한 의혹을 제기한 여진환도 좌

불안석이었다.

"하지만 제가 왔응께 이제 걱정은 하덜 마쇼."

박순길은 자신만만하게 가슴을 퉁 쳤다.

"게다가 배우신 양반님들이 기소까지 끌고 간 사건이믄, 털어도 뭔가 나오기는 할 거니께. 진환이 자네도 너무 신경 쓰지 말어."

여진환은 그가 자신을 위로해 주고자 그런 말을 한 것임을 알고는 쓴웃음을 지었다.

"예……."

"다만."

박순길이 어조를 고쳐 말을 이었다.

"이 정도로 아무것도 안 나온다는 건, 다른 데서 일이 벌어지고 있을 수도 있는 거 아닙니까?"

정진건이 고개를 끄덕였다.

"음. 그러잖아도 조금 짐작이 가는 곳은 있네."

"어딘교?"

"부산."

정진건의 말에 박순길이 눈썹을 씰룩였다.

"부산? 광남파인가 뭔가는 창원 아니었습니까?"

"그랬지. 하지만 마약 거래는 부산에서 이뤄지고 있었네. 그리고 들으니, 요즘 부산에서 마약 거래가 뚝 끊어졌다더군."

"……."

"어쩌면 그들도 신진물산 기소 건으로 몸을 사리고 있는 중일지도 모르지만 그런 것치고는……."

정진건이 잠시 뜸을 들였다가 말을 이었다.

"아직 확실한 건 아닌데, 나는 부산 조폭들이랑 광남파 사이에 어떤 항쟁이 있었던 건 아닐까 싶군."

그 말에 박순길이 턱을 긁적였다.

"거시기, 정 형사님 말씀은 지금 신진물산을 털어도 뭐 없는 이유가, 부산 조폭이 갸들을 싸그리 없애서 그렇단 겁니까?"

정진건이 고개를 저었다.

"막연한 추측일세."

"아따, 지는 정 형사님이 단서 하나 없이 그런 말씀은 하지 않으셨을 거 같은데."

이런 점은 박순길답다고 생각하며 정진건은 픽 웃었다.

"음, 그 당시 공교로운 사건이 있었거든. 부산 경찰 측도 이걸 공식적으로 엮어도 될지 몰라 방치하기는 했지만."

"말씀해 주쇼."

그래서 정진건은 김강철에게 들었던, 부산 경찰이 쪽을 샀던 '밀가루 마약'과 동시에 발생한 창원 물류 창고 화재 사건을 언급했다.

"……그리고 우연히 잡동사니가 굴러다녔던 걸지도 모르지만, 거기서 탄피를 하나 발견했다더군."

그 내용은 강하윤이나 여진환도 모르는 일이었다.

"그런 일이 있었습니까?"

여진환이 (저도 모르게) 마치 따지듯 물은 말에 정진건이 어깨를 으쓱였다.

"우연일지도 모른다, 고 하지 않았나. 실탄도 아니고 탄피 정도야 군대에서도 빼돌리려면 빼돌릴 수 있는 것이니."

박순길이 고개를 끄덕였다.

"허긴, 제 동기 중에도 여자 친구 준다고 탄피 빼 돌리다 영창 간 놈이 있응께. 아, 참고로 갸 여친은 고무신을 거꾸로 신었다 하요."

"……계속해도 될까?"

"아, 실례."

"또, 그쪽에서도 해당 창고의 소유주며 가입된 보험 등을 알아보았지만 아주 깨끗했어."

"거시기 하구만요."

정진건이 말한 '아주 깨끗했다'는 대목에서 박순길이 씩 웃었다.

"왠지 '깨끗하다'는 게 냄새가 나는데……. 정 형사님, 그 불났던 물류 창고, 크기며 장소가 어떻습니까?"

그 말에 정진건은 멈칫하더니 머리를 긁적였다.

"그건 나도 알아보질 않았군."

"흐흐, 그라믄 그 일부터 알아보십시다. 쪼까 냄새가 나는 거 같응께."

수사 방향이 창원 물류 공장 화재로 향하는 듯하자 잠자코 있던 강하윤이 조심스럽게 끼어들었다.

"저…… 선배님."

"뭔가?"

"저희는 지금 신진물산 일만으로도 일손이 부족한데 그쪽 일을 맡을 여력이 있을지 모르겠습니다."

강하윤의 일리 있는 지적에 박순길이 픽 웃었다.

"아따, 강 형사. 어차피 지금은 마른 우물에 둘러 앉아가 헛물켜고 있는 상황 아니요."

그건 그렇지만, 그렇게 노골적으로 말하면 기분이 '거시기' 하다.

"암튼 한번 찔러 볼 만한 일인 거 같긴 하니께, 이참에 해 보는 것도 나쁘지 않잖소? 아니 뗀 굴뚝에 연기는 안 나는 법 이고."

박순길의 뒤이은 말을 정진건이 고개를 끄덕여 받았다.

"그래, 이제 인력도 보충되었으니까 나도 해 볼 만한 일이 라고 본다. 여 형사."

"예, 선배님."

"그러면 자네는 한동안 박 형사랑 함께 움직이게. 나랑 강 형사는 물류 창고 화재에 대해 좀 더 알아볼 테니까. 괜 찮겠지?"

여진환이 고개를 끄덕였다.

"예, 알겠습니다."

여진환이 말을 이었다.

"……저, 그런데 어디서부터 시작하죠?"

박순길이 픽 웃었다.

"거 말이라고 하나. 수사의 첫 단계는 정보 수집이지."

"정보 수집……."

"암, 마침 우리한테는 귀중한 정보원이 한 사람 있지 않던
가? 으잉?"

의미심장하게 웃는 박순길을 보며 여진환은 어색하게 웃
었다.

"하, 하하. 그렇죠. 네."

구봉팔 아래로 들어온 뒤부터, 장건후는 안정적인 나날을
보내고 있었다.

구봉팔이 관리하던 새마음아동복지재단은 최서연에게 넘
어갔지만, 그와 동시에 구봉팔은 조광 그룹 계열의 다른 회
사를 여럿 인수하였다.

구봉팔이 주로 인수한 회사는 조광 그룹이 내부적 사건에
휘말리며 파벌 다툼 바깥에 겉돌기 시작한 회사들이었다.

그렇게 하나둘, 야금야금 인수한 회사가 늘어난 만큼 구봉 팔 휘하 '(장건후도 포함한)패밀리'는 각 회사에 '파견'되어 바쁜 나날을 보냈는데, 개중에는 그간 조지훈 파벌에 속해 있던 일광건설도 포함되어 있었다.

지금 장건후가 있는 곳은 그 일광건설이 Y구에 공사 중인 요한의 집 현장이었다.

올해 초 무렵부터 공사에 들어간 요한의 집 확장 시설은 이제 꽤 그럴듯한 모습을 드러내기 시작했다.

한때는 새마음아동복지재단과 요한의 집의 관리 권한이 최서연에게 넘어간 뒤 이 현장도 없던 일이 되는 건 아닌가 하는 소문도 돌았지만, 그건 기우였다.

'여기가 고아원이 된다는 말이지?'

가을 초입 햇살이 쏟아지는 언덕을 거닐며, 멀찍이 공사가 한창인 현장을 둘러보던 장건후는 왠지—받을 돈 다 받아 가 며 하는 일임에도 불구하고—고아원을 짓는 일이라고 하니 괜히 가슴 한구석이 간질거리는 기분마저 들었다.

'흠, 이게 양지에서 산다는 건가.'

그러고 있으려니 기분 좋은 바람이 장건후의 얼굴을 간질 이며 스쳐 지나갔고, 동시에 장건후의 기분 좋은 상념을 일 깨우는 벨소리가 울렸다.

따르릉.

'누구야?'

어차피 하릴 없이 현장을 둘러보던 차에 큰맘 먹고 장만한 핸드폰(얼마 전, 당시 핸드폰이 없어서 전화를 빌리는 데 비싼 값을 치른 것을 교훈 삼아)이 울리자, 장건후는 곧장 전화를 받았다.

"여보세요."

─네, 안녕하세요, 장건후 씨. 이성진입니다. 기억하세요?

여유롭고 느긋하던 수화기 너머 들려오는 목소리를 듣자마자 장건후는 순식간에 똥 씹은 표정이 됐다.

기억하다마다.

장건후와 이성진은 그가 이성진의 차 사이드미러를 박살내는 것으로 시작된 사이였다.

"물론……이죠."

─어라, 저번에 말씀을 놓기로 하셨는데.

"기억하고 있어."

결과적으로는 그가 구봉팔 아래에 들어가는 계기가 되었다고는 하나, 그때 이성진이 주눅들기는커녕 조곤조곤한 말씨로 그와 '거래'를 이어 가던 모습을 떠올리면, 장건후는 아직도 자다가 이불을 걷어차곤 했다.

─네, 그러면 편하게 말씀하세요.

"……그보다는 무슨 용건으로 나한테 전화를 했는지부터 말해야 하지 않냐?"

설마하니 아직 '차 수리비'가 남은 건 아닐 테고…….

─별건 아니고 장건후 씨만 괜찮으시면 '부탁'을 드리려고요.

"부탁?"

왠지 모르게 '명령'으로 들리는 '부탁'이었다.

–네. 간단한 일 몇 가지만 해 주시면 되는데……. 안 될까요?

'싫다'는 말이 목구멍 안쪽에서 간질거렸지만, 장건후는 그러지 못했다.

이성진은 보기와 달리 아주 영악하고 음흉한 놈이니, 그가 '모처럼' 던진 제안을 거부했다가는 어떻게 될지, 장담하기 힘들다.

"말해 봐."

–네. 인도네시아로 휴가 좀 다녀오시겠어요?

인도네시아?

이건 또 갑자기 뭔 소리야?

장건후가 이성진의 말에 어처구니가 없어 할 말을 잃은 사이, 이성진이 말을 이었다.

–물론 여행에 필요한 준비나 경비는 이쪽이 부담하겠습니다.

"……."

그건 당연하지. 하지만…….

–장건후 씨는 그곳에 가셔서 마음껏 먹고 마시며 쉬시다가 한 가지 일만 해 주시면 돼요. 그조차도 그냥 현지 가이드를 따라가서 앉아만 있다가 오면 끝나는 일입니다.

말만 들으면 거저먹는 쉬운 일이지만 어느 한쪽에 유리한 이야기만 나온다면, 그것도 별 친분도 없는 인간이 제안하는 일을 냉큼 주워 먹으면 반드시 탈이 나고 만다.

그래서 장건후는 얼굴을 마주하지 않는 것에 힘을 얻어 이성진에게 물었다.

"무슨 꿍꿍이인데?"

ー뭐…… 그냥 서류 작업? 게다가 생각해 보니 제 주변에 이런 부탁을 드릴 만한 분은 장건후 씨밖에 없더라고요.

그건, 이성진이 자신을 신뢰해서인 게 아니라 개중 가장 한가해 보이는 인간이어서 그런 걸 거라고 장건후는 생각했다.

"못 하겠는걸. 나 요즘은 꽤 바쁘거든."

사실 바쁘기는커녕 시간이나 때우고 있을 뿐이지만, 장건후는 일부러 허세를 섞었다.

ー알고 있어요. 일광건설에서 수주한 Y구 요한의 집 건설 현장에 계시죠?

"……."

뭐야, 왜 그렇게 잘 알고 있는 건데?

이성진은 장건후가 묻기도 전에 답을 내놓았다.

ー저희 회사가 요한의 집 후원 기업이거든요.

그러고 보니 들은 기억이 난다.

'이래서야 바쁘다는 핑계도 통하질 않겠군.'

일광건설의 요한의 집 건설은 장건후가 합류하기 전에도 제대로 진행되던 일이었으니까.

'그래도 영 내키질 않는데.'

장건후는 조세광이 자신을 하인 취급하던 시절이 생각났다.

저런 부류와 한 번이라도 잘못 얽히면, 그때부터는 갑을 관계가 형성되고 말거란 위기감이 장건후의 본능 아래서 스멀스멀 피어올랐다.

그러면 이번에는 무슨 핑계를 댈까, 생각하고 있으려니 이성진이 말을 이었다.

-아니면 **구봉팔 아저씨께 먼저 허락을 구해야 하나요?**

이성진이 구봉팔을 언급하자 장건후는 움찔했다.

"……나는 그 녀석의 부하가 아니야."

어쩌다 보니 구봉팔과 함께 '동업'을 하고는 있지만, 항렬으로나 (자신의 생각에)실력으로나 자신이 구봉팔에 비해 못나지는 않단 생각을 하던 장건후는 조금 욱한 것도 사실.

-그럼요. 물론이죠.

이번에는 이성진이 당근을 살살 흔들며 장건후를 달랬다.

-죄송해요. 저는 장건후 씨께서 구봉팔 아저씨를 의식해서 그런 말씀을 하신 건 아닐까 했거든요.

"흥, 그럴 리가 있나……."

코웃음을 치며 이성진의 말을 받던 장건후는 차량이 올라오는 소리에 말끝을 흐렸다.

누구지? 오늘은 더 이상 물건이 올라올 일은 없을 텐데.

"나중에 통화하지."

-네, 그러면 긍정적인 방향으로 생각해 주세요.

장건후는 이성진의 말을 다 듣지도 않고 전화를 끊은 뒤, 이곳을 향하는 유일한 포장도로로 발걸음을 옮겼다.

드르륵, 드르륵.

그곳으로 향하니 콘크리트 도로 위를 긁어 대는 타이어 소리와 함께 소형 차량 한 대가 언덕 위를 천천히 올라오고 있었다.

본 적 없는 번호판을 단 차였다.

'길을 잘못 들었나?'

장건후는 열린 차단봉 옆에 서서 그 차가 올라오길 기다렸고, 차량은 장건후를 지나쳐 경사가 없는 평지에 멈춰 섰다.

그리고 운전석 문이 열리며, 그가 평생 보고 싶지 않던 얼굴이 차에서 내려 반갑게 인사했다.

"어이, 장 씨, 참말로 오랜만이여."

씁.

'저 인간이 왜 여기에?'

장건후는 박순길을 보자마자 인상이 구겨질 뻔한 걸 간신히 참았다.

'깡패보다 더 깡패 같은 놈!'

원래 소속인 전라도로 돌아갔다고 들었는데, 그가 왜 여기서 다시 모습을 드러내는지 당황한 덕분에 장건후는 똥 씹은 표정을 잘 감출 수 있었다.

심지어 조수석에서 내린 건 여진환이어서, 장건후는 언젠가 파라오 단란주점에서 그 둘에게 당했던 기억이 떠오르는 기분이었다.

'차라리 그 여자 형사는 보는 맛이라도 있었지.'

장건후는 마음을 추스르며 박순길의 인사를 받았다.

"예, 오랜만입니다. 그런데 여기는 어떻게……."

"어떻게 오긴. 나가 이번에 서울로 발령을 받아부러서, 그참에 우리 장 씨랑 인사나 할라고 왔지."

옘병, 인사는 무슨.

'게다가 정식으로 발령을 받았다고?'

청천벽력 같은 소식이다.

'설마하니…… 겸사겸사 삥을 뜯으러 온 건 아니겠지?'

아니 박순길은 둘째 치고 그를 따라 온 여진환은 그런 인물이 아니니, 그럴 리는 없을 터.

박순길이 말을 이었다.

"그나저나 장 씨, 일광건설이라는 번듯한 직장도 가지고……. 출세했어라?"

싱글벙글 웃으며 묻는 박순길에게 장건후는 인내심을 발휘하며 고개를 끄덕였다.

"예, 뭐, 이제 좀 착실히 살아 볼까 해서요."

"그렇구먼. 잘됐네, 잘됐어."

박순길이 장건후의 어깨를 툭툭 두드려 준 뒤 담배를 꺼내 입에 물었고, 장건후는 반사적으로 불을 붙여 주었다.

"안 그래도 되는디. 장 씨도 피울란가?"

"아뇨, 저는 제 걸 피우겠습니다."

장건후는 몸을 돌려 담배에 불을 붙였다.

"후우."

담배 연기를 뱉은 박순길이 장건후에게 물었다.

"여기서 보면 서울 공기도 나쁘지만은 않어. 근디 장 씨, 여긴 뭣 하는 현장이당가?"

"고아원을 짓고 있습니다."

"고아원?"

"예."

박순길이 히죽 웃었다.

"아따, 좋은 일 하네. 장 씨, 사람 다 됐어."

"……아뇨, 뭘."

"아니믄 나가서 장 씨가 좋아하는 술이나 한잔할까 했더만, 그래서야 못 쓰겄제."

좋아하기는 무슨.

그날 이후 장건후는 어지간해선 술을 마시지 않고 있다.

'그나저나…….'

이곳이 어딘지는 알아도 구체적으로 뭘 하는 곳인지는 모르는 걸 보면, 그가 여기 온 이유는 자신에게 '용건'이 있기 때문이리라.

'하지만 사실상 이제는 그들과 엮일 일도 없을 텐데.'

장건후가 속으로 경계하며 담배를 태우고 있으려니 박순길이 말을 이었다.

"나는 장 씨가 그 구봉팔이 아래로 들어갔다고 들어서 쪼까 걱정했구마잉."

"······걱정이라니······."

장건후는 말을 하려다 말고 여진환의 존재를 의식했다.

'그래, 여진환은 아직 내가 구봉팔에게 반기를 들 거라고 생각 중이지.'

장건후가 하려던 말을 정정해 답했다.

"아뇨, 보시는 대로 그럭저럭 잘 지내고 있습니다."

이성진에게는 구봉팔의 부하 취급하는 발언에 한 소리를 날릴 수 있었지만, 그런 그도 박순길 앞에서는 대들기는커녕, 정정조차 못했다.

"응, 그건 딱 보니 나도 알겠어."

싱글벙글 웃던 박순길이 슬며시 웃음기를 거뒀다.

"그나저나 말여."

박순길이 장건후에게 어깨동무를 하며 목소리를 낮췄다.

"구봉팔이는 인자 괜찮은감?"

"예? 뭐가요?"

"그 왜, 얼마 전에 구봉팔이가 칼침을 맞았단 소문이 있더

라고. 나는 혹시나 우리 장 씨가 아직도 그 일로 걱정을 하는
건 아닌가 해서 말여."

"……."

그 이야기는 이미 '지시받은 대로' 여진환에게 전달한 바,
이제 와서 새삼 또 뭘 캐묻는 건지…….

'설마, 경찰 측은 구봉팔을 공격한 것이 나라고 생각한 건
가?'

구봉팔이 어깨동무를 한 팔꿈치에 살짝 힘을 주었다.

"거, 침묵이 쪼까 길다."

"아, 아뇨. 그러니까."

장건후가 신중히 말을 골랐다.

"예, 뭐, 물론 걱정했습니다만 이제는 뭐……."

"이제는 뭐?"

"이제 멀쩡히 잘 돌아다니지 않습니까? 그 왜, 어제는 조
광 그룹 주주총회에도 참석했고……."

아차.

박순길의 미소를 보며 장건후의 머릿속에 불현듯, 말을 잘
못 꺼냈단 생각이 스쳤다.

"아항, 그라믄 구봉팔이는 인자 '멀쩡히' 그런 공개적인 장
소에 돌아 댕겨도 무방하게 됐단 말이구먼. 왠지 내라면 겁
나갖구 바깥에 돌아댕기지도 못할 거 같은디……."

젠장, 낚였다.

물론 구봉팔은 (장건후가 알기로는)직접적인 피해를 입은 적이 없다.

하지만 구봉팔은 그런 '무성한 소문'에 긍정도 부정도 하지 않으며 의도적으로 며칠간 두문불출하며 그 습격을 사주한 적일지도 모를 상대를 기만하였다.

'어디 보자, 여기서는…….'

장건후는 재빨리 머리를 굴린 뒤 말했다.

"주, 중요한 자리니까요. 범인도 그런 곳에서 구봉팔을 습격할 정도로 제정신이 아니지는 않을 겁니다."

"흐음. 그렇구면, 음. 난 또 구봉팔이가 '다친 척' 한 것은 아닌가 하구 생각했구마잉. 그 왜, 아주 시근이 멀쩡했다고 하드라고."

"……."

장건후의 속이 뜨끔한 와중 박순길이 말을 이었다.

"아니면 그건가? 이미 손볼 놈은 손을 봐서 걱정할 게 없어졌다거나 말여."

장건후는 황급히 부정했다.

"설마요. 오히려…….."

"오히려?"

"……저희 쪽에서는 그게 광금후가 아닌가하고 생각했습니다만, 광금후는 이미 경찰이 털어 대고 있는 놈이 아닙니까? 구봉팔이도 그래서 안심을 한 것이 아닐까요."

"그려?"

"예, 제 생각에는…… 그렇습니다. 실제로 광금후도 거기서 얌전했다는 모양이고요."

"흐음."

그제야 박순길은 어깨동무를 풀고 담배를 입에 물었다.

"뭐, 그렇다면 됐고."

휴우, 일단 한 고비를 넘긴 기분이다.

'게다가 나도 구봉팔이가 자리를 비우고 어디서 뭘 했는지는 정말 모른단 말이야.'

그때도 이따금 '신뢰하는 부하'와 정기적으로 연락을 주고받았다는 건 알고 있지만, 당시 구봉팔이 뭘 하고 있었던 것인지는 장건후도 모르는 일이었다.

'분명 뭔가 한 것 같기는 한데.'

지금이라도 구봉팔을 배신하고 경찰 측에 붙을까?

'아니. 안 될 말이지.'

구봉팔과 일하며 알게 된 일이지만, 그는 이미 조광에서 대체할 수 없는 인물이 되고 말았다.

'이성진이나 조세화도 그쪽의 손을 들어주는 중이고.'

그러니 이제 와서 구봉팔을 배신하고 경찰 편에 붙어 정보를 흘린들, 놈들이 나중엔 입 싹 닦고 자신을 토사구팽하지 않으리란 장담도 할 수 없다.

'게다가 지금 조광은 더 이상 예전 같은 깡패 집단이 아니

야. 먹은 건 짬밥뿐 배운 것도 빽도, 밑천도 없는 내가 나서 봐야 아무것도 할 수 없겠지.'

박순길이 담배를 마저 태운 뒤, 손가락으로 꽁초를 털어 내곤 잿불을 신발로 비벼 껐다.

"자, 꽁초 받어."

"예?"

"민중의 지팡이가 되어 갖구 길바닥에다 담배꽁초를 버리면 되겠는감?"

민중의 지팡이는 무슨, 몽둥이겠지.

그래도 장건후는 생각과 달리 얌전히 박순길이 내민 꽁초를 받았다.

"그럼 장 씨, 바쁜 거 같은데 방해해서 미안했네. 나중에 종종 보더라고."

"……"

"대답?"

"예, 살펴 가십시오."

박순길은 장건후의 인사를 픽 웃으며 받은 뒤 차에 올라탔고, 여진환은 장건후에게 꾸벅 묵례한 뒤 조수석에 탔다.

장건후는 박순길의 차가 언덕 아래를 내려갈 때까지 그 자리를 지키고 섰다가, 그 모습과 엔진음이 멀어지고 난 뒤에야 바닥에 굴러다니는 돌맹이를 발로 걷어찼다.

"옘병! 가다가 사고나 나라."

살면서 가장 보기 싫은 놈이, 아주 서울로 왔다고?

분명 방금 있었던 일 저리 가라 할 만큼 귀찮게 할 것이 분명했다.

한동안 자신이 아는 모든 욕을 쏟아부은 장건후는 곧 어깨를 축 늘어뜨렸다.

'어쩔 수 없군.'

그래, 이럴 땐 잠시 재난을 피해 멀리 떠나가 있는 것도 나쁘지 않으리라.

'나 참, 어떤 의미에서는 짜고 친 것처럼 시의적절해.'

생각을 마친 장건후는 담배꽁초를 바닥에 버린 뒤, 핸드폰을 꺼내 이성진에게 전화를 걸었다.

—여보세요?

"장건후다. 방금 그 제안, 받아들이마."

—정말요? 잘 생각하셨어요. 안 그래도 다른 분께 제안을 드릴까 생각하던 중이었거든요.

그게 정말인지 아닌지, 판단할 근거는 없었다.

"대신, 경비는 그쪽이 다 대는 걸로."

—물론입니다.

왠지 눈으로 보지 않아도 이성진의 되바라진 미소가 눈앞에 선연한 기분이었다.

2장

  박순길이 목포에서 끌고 온 소형 차량에 탄 두 사람은 한동안 아무런 대화도 나누지 않았다.

  그건 딱히 두 사람 사이가 어색해서가 아닌, 여진환은 운전대를 쥔 채 생각에 잠긴 박순길을 방해하고 싶지 않아서였다.

  '뭔가, 생각하는 게 있는 건가.'

  박순길이 장건후를 만나 나눈 대화를 처음부터 끝까지 듣고 있었던 여진환이었지만, 박순길이 무슨 의도로 그와 그런 이야기를 나누었는지는 좀처럼 이해가 가질 않았다.

  '아니면 그냥 인사?'

  여진환이 생각하는 사이, 박순길이 툭 입을 뗐다.

"진환이, 여기서 광수대로 가려면 어디로 가나?"

"아, 저쪽 대로에서 우회전 신호를 받고 빠져나가면 됩니다."

"아따, 서울 길 참말로 복잡하네."

그냥 머릿속으로 길을 생각하고 있었을 뿐인가.

여진환이 속으로 쓴웃음을 짓는데, 박순길이 말을 이었다.

"진환이 자네, 돈 좀 볼 줄 안다믄서?"

"예?"

"강 형사님이 그러드만. 이번에 거시기, 회계 장부를 조사해갔구 활약했다고."

"아."

여진환이 멋쩍게 웃었다.

"그냥, 우연히 눈에 들어왔을 뿐입니다."

"에이, 자고로 아는 만큼 눈에 보이는 법이라고들 하지 않당가? 그러니 자네 눈에 그런 것이 들어온 것도 아는 게 있어서 자연히 그랬던 것이여. 너무 겸손 떨어도 좋지 않어."

"예…….."

박순길이 말을 이었다.

"암튼 간에, 나가 사업 같은 건 잘 몰라서 말여. 거시기, 오늘 뉴스로 조광 쪽이 꽤 떠들썩했담서? 무슨 일로 그러는겨?"

아, 그 일을 물어보려 그런 거였군.

여진환은 박순길이 방금 장건후를 만나 그런 이야기를 나눈 속내를 더 알고 싶었지만, 먼저 물었으니 일단 대답했다.

여진환이 뉴스를 보고 알게 된 내용을 그에게 전하자, 박순길이 고개를 끄덕였다.

"흠, 그렇다는 건 거시기, 인자는 조광 그룹이 위기를 극복하고 안정을 되찾게 되었다, 이 말인가?"

"그렇습니다. 다들 그럴 것이라고 기대하는 중이고요. 특히 조세화가 발표한 J&S컴퍼니가 화제였습니다."

"에스 뭐시기랑 같이 설립했다는 그곳 말이제?"

"예, SJ컴퍼니요."

"그려, 거기. 근데 어디서 들어 본 거 같은디, 어디서였을까잉?"

그렇게 물어보면 어떤 대답을 해야 할지.

"아, 그래. 거기구만. 이성진인가 하는 얼라가 거기 사장이랬어."

자문자답을 한 박순길에게 여진환이 물었다.

"성진이를 알고 계십니까?"

"만난 적은 없지만, 이래저래 이야기가 나온 적이 있었응께. 그 왜, 나가 서울에 왔을 때 일을 좀 했잖여? 그때 들었던 기억이 나."

"아, 예."

"그러는 여 형사는 이성진이를 아는 눈치인데, 만나 보기라도 했나?"

"예, 만나 본 적 있습니다."

당시를 떠올린 여진환이 픽 웃었다.

"사건과 무관하게, 취미로 만난 거지만요."

박순길은 그 말에 멈칫하더니 눈을 가늘게 떴다.

"……취미? 고건 무슨 취미당가?"

"커피요, 커피!"

여진환은 그에게 섣불리 오해를 사기 전 얼른 말을 이었다.

"그 그룹에서 로스트 빈을……. 아무튼 그래서 평소 친분이 있던 강 형사의 주선으로 만나게 되었습니다."

실제로는 다른 꿍꿍이도 없지는 않았지만, 그 오해는 종식했기에 일부러 언급하지 않았다.

"아, 로스트 빈. 나도 알어. 흠, 그랬구먼. 그래, 만나 보니 어땠는감?"

"뭐어……. 착하고, 성실하고, 똑똑한 애더군요. 배경을 차치하고 보더라도 누구에게나 호감을 살 법한, 그런 소년이었습니다."

"흠……."

박순길은 다시 생각에 잠겼다가, 툭하고 입을 뗐다.

"뭔가 냄새가 나지?"

"예?"

이성진이? 이성진이 왜?

"장건후 금마 말여."

아, 이성진이 아니었군.

그나저나 이번에는 갑자기 또 장건후인가?

'신변잡기적인 내용이 아닌 본론으로 들어가면 나야 좋긴 한데.'

하지만 '장건후가 어딘지 수상하지 않은가' 하며 동의를 구하는 박순길의 말에 도통 그 의도를 알 수 없던 여진환은 솔직하게 답했다.

"저…… 잘 모르겠습니다. 박 형사님은 그에게서 뭔가 알아내셨습니까?"

"아따, 보아하니 진환이 자네 장건후 금마한테 단단히 낚이뿟네."

여진환이 움찔했다.

"낚였다……고요?"

박순길이 픽 웃으며 고개를 끄덕였다.

"그래. 장건후 가를 대놓고 믿으면 큰일 날 것이여. 거를 건 거르고 들어야제."

박순길의 말에 여진환은 조금 불쾌한 기분이 됐다.

여진환도 장건후를 필요에 의해 이용하고는 있으나, 그를 신뢰하지는 않는다.

'애당초 구봉팔 밑에 들어가서도 딴생각을 품고 있는 인간인걸.'

그래서 장건후가 알려 준 정보도 여진환은 나름대로 몇 가지 교차 검증을 한 뒤에야 동료들과 정보를 공유하고 있었고, 구봉팔이 습격을 당했다는 정보 역시 그런 맥락에서 이루어진 일이었다.

구봉팔이 습격을 당했다는 내용은 실제로 뒷세계에 파다하게 퍼져 있던 소문이니…….

박순길이 말을 이었다.

"장건후 그놈은 말여, 강자에게 약하고 약자에게 강한, 그런 놈이여."

박순길은 내 딱 보면 알지, 하고 덧붙였다.

"요거시 형사의 감이라는 거여. 알겠는감?"

대체 무슨 말을 하나 했더니, 후배 앞에서 잰 체를 하고 싶었던 것뿐인가.

하지만 박순길이 그동안 보여 준 성과도 있고, 개인적으로도 내심 그 역량을 존경하던 여진환은 그 비과학적인 논리에 그저 쓴웃음만 지었다.

"아, 예."

박순길이 그런 여진환을 힐끗 쳐다보곤 웃음기를 거뒀다.

"웃을 일이 아니여. 나가 방금 말한 '강자'라는 것은 경찰을 의미하는 것이 아닝께."

"예?"

"자네, 아까 나한테 장건후를 정보원으로 써먹을 때 어떤 말이 나왔다고 했등가?"

　그와 Y구 건설 현장까지 동행하며 전달한 말이니 몰라서 묻는 건 아닐 테고.

　여진환은 그 말에 그가 장건후와 나눈 어느 대화를 머릿속에 떠올렸다.

　「말인 즉 구봉팔이 하고 있다면, 나도 할 수 있단 거다.」

　「……그러면 구봉팔 밑에 들어간 건 다 이유가 있단 말씀입니까?」

　「굳이 말하자면 그렇단 거지.」

　그러며 장건후는 그에게 자신이 구봉팔 밑에서 정보를 물어다 줄 테니, 여진환은 구봉팔을 잡아넣으란 식의 협상을 했다.

　'그가 구봉팔을 얕잡아 보는 식의 말을 한 건 그때가 처음도 아니었고……. 잠깐만, 혹시?'

　여진환이 무언가를 깨달은 듯하자 박순길이 픽 웃었다.

　"알겠는감?"

　이쯤 되니 여진환도 자신이 장건후에게 이용당했다는 걸 눈치챘지만, 그런 인간에게 당했다는 걸 인정하고 싶지 않던 여진환은 박순길의 말에 반박했다.

　"하지만 장건후는 예전부터 구봉팔을 자신과 동급, 혹은 그 아래로 얕잡아 보는 경향이 있었습니다."

"응, 그랬을 것이여."

박순길이 담담히 말을 이었다.

"헌디 장건후가 자네랑 손을 잡자고 한 것은 갸가 구봉팔 밑으로 들어간 뒤 아니당가?"

"예."

"고건 그짝이 먼저 던진 제안이지라?"

"……예."

박순길이 핸들을 오른쪽으로 꺾었다.

"고거여. 장건후는 구봉팔을 만나 보고 인자는 자신이 예전에 알던 구봉팔이 아니란 걸 알아 부렸던 거시제."

여진환은 박순길의 말에 '장건후에게 먼저 접촉한 건 자신이었다'고 말하려다가, 입을 다물었다.

장건후를 만났을 땐 그가 인근 상가에서 행패를 부린 뒤의 일이어서, 장건후를 만나는 건 어느 정도 필연적인 일이었다.

'즉, 장건후는 내가 그와 다시 만날 걸 예상하고 있었던 건가?'

박순길이 말을 이었다.

"바로 그거여. 만약 장건후가 참말로 구봉팔이의 뒤통수를 치려고 했으면 구봉팔이가 칼침을 맞았을 때가 적기였어라. 근디 지금은 어떤감?"

"……."

"그랴, 구봉팔이는 어저께 거시기, 주주총회 자리에 떡하니 모습을 드러내 부렀어."

박순길이 신호를 받아 차를 세운 뒤 말을 이었다.

"이쯤 되면 구봉팔이는 인자 날개를 달아 부린 것이제. 아마 앞으로는 장건후 금마가 구봉팔이를 칠 기회 같은 건 두 번 다시 찾아오지 않을 것이여."

"……."

"그런데 장건후 그놈이 구봉팔이를 배신할 수나 있겠는감? 그것도 이 시국에?"

"……그렇다는 건."

"음. 만나 본 적은 없지만은 구봉팔 그놈은 장건후 기준에 이미 강자였던 것이제. 그라고 진환이 자네는 그때 이미 장건후한테 낚여 버린 것이여."

여진환이 고개를 떨어트렸다.

"……그렇다는 건, 저는 장건후에게 한 방 먹은 셈이군요. 저는 그런 것도 모르고."

"아니. 정확히는 장건후 배후에서 그 명령을 내린 누군가겠제."

박순길의 말에 여진환이 고개를 들어 눈을 깜빡였다.

"어, 배후에서 명령을 내린 사람이면……. 구봉팔 말씀입니까?"

박순길은 입을 벙긋거렸다가 입을 다물곤, 잠시 생각한 끝에 어깨를 으쓱였다.

"그랄 수도 있고, 아닐 수도 있고. 거기까진 나도 몰러. 다만 그게 장건후 대가리에서 나올 만한 아이디어는 아닐 것 같응께."

왠지 무슨 말을 하려다 만 것 같은데, 그게 무엇인지 여진환은 알 수 없었다.

여진환은 그와 관련해 물으려다가 박순길이 솔직한 대답을 내놓을 것 같질 않아서 다른 질문을 던졌다.

"그런데, 그러면 얼마 전 구봉팔이 습격을 당한 것도 구봉팔 측의 자작극이었던 거라고 보십니까?"

박순길은 부정했다.

"고건 아닐 것이여."

"예?"

"아따, 아니 땐 굴뚝에 연기가 날랑가? 그 바닥에 소문이 쫙 퍼졌으믄 뭔가가 있기는 있었을 것이여. 분명 습격 자체는 있었것제."

박순길이 말을 이었다.

"다만 그때 구봉팔이는 다치지 않았거나 침만 바르믄 낫는 정도에 그쳤을 것이여."

"그러면 구봉팔은 그동안 다친 척하며 적을 방심시키고 있었다는 겁니까?"

"그라제. 겸사겸사 부하들을 풀어서 언놈이 그런 짓을 벌였는가 범인도 찾고."

하긴, 구봉팔 측 수하가 동네를 돌아다니며 뭔가를 물어보고 다니더란 이야기는 여진환도 들은 바 있었다.

만일 그게 구봉팔의 자작극이었다면 구태여 그럴 필요도 없을 것이거니와 그 일로 구봉팔이 딱히 얻을 이익은 없다.

'오히려 약점을 잡히면 잡혔겠지.'

박순길이 여진환을 힐끗 본 뒤 입을 뗐다.

"근디, 때마침 공교로운 일이 있었제?"

"예?"

"구봉팔이가 오늘내일하는 부상을 입고 병석에 누워 있는 동안에 꽤 많은 일이 생기지 않았등가?"

박순길의 말에 여진환은 구봉팔의 부재 중 생긴 일을 머릿속에 그려 보았다.

'어디보자, 그쪽 일에 한정한다면 광금후에 대한 조사가 본격적으로 시작되었고, 지방에서는 부산 조폭 연합이라는 것이……. 아.'

여진환은 그제야 박순길이 말한 의도를 눈치챘다.

"그러면 그동안 구봉팔은……."

"음, 먹물들이 말하곤 하는 '가설'을 세워 보자면, 광금후 그놈은 경찰들한테 맡기고, 구봉팔이는 그사이 몰래 부산에 내려갔을지도 모른다는 거여."

"……."

"잘은 모르지만, 부산에서도 꽤 많은 일이 있었담서? 부산 경찰들이 거래 현장을 덮쳤더니 그게 밀가루였다거나."

부산 경찰에 라이벌 의식이라도 느끼고 있는 것일까, 박순길은 그들이 골탕을 먹었단 내용을 말하며 킬킬 웃었다.

"뭐, 그건 그거고……. 어쨌거나 그 일로 부산 경찰들이 쪽을 판 것은 둘째 치고, 문제는 그 상황 자체여. 오늘 아침에 정 형사님이 뭐라고 했등가?"

"아, 부산에서 마약 거래가 사라졌다는 말씀이죠?"

"그라제. 근디 내 생각에는 말여……."

신나게 떠들어 대던 박순길은 흠, 하고 콧김을 내쉬더니 조금 자신감이 없어진 말투로 말을 이었다.

"그때 부산 조폭들이 광남파란 아그들을 싸그리 정리한 것이 아닌가 몰러."

"예?"

"어디까지나 가설이여, 가설. 응."

박순길이 어깨를 으쓱였다.

"쩌어기 '밀가루 사건'이 있을 적에, 부산 조폭 두목들이 모여 있었담서?"

"그렇다고 들었습니다."

"허면, 왜 거기 체포해 가기 딱 좋구로 모여들 있었을까?"

"……."

"만약에 창원에 있었던, 불이 나부린 물류 공장이 광남파의 아지트라든가 그런 거였다면 말여, 부산 조폭들이 일종의 양동작전을 펼친 건 아닐까 몰러. 워떤감?"

그건…….

여진환이라면 떠올리지 못했을, 꽤나 과감한 가설이었다.

받아들이기에 너무 과감한 논리여서 그런지 여진환이 복잡한 표정을 짓자, 박순길은 떨떠름한 얼굴로 말을 이었다.

"가설이랬잖어, 가설. ……뭐, 결과만 놓구 보믄 우덜 광수대 사람들도 광금후가 그랬단 증거를 못 찾고 있응께."

"즉, 정리하자면 구봉팔이 부산에 내려가 그들과 손을 잡고 광남파를 쓸어 버린 까닭에 저희가 증거를 찾지 못하고 있다는 말씀입니까?"

"응, 그리되겠네."

"흠."

여진환이 머리를 긁적였다.

"이상한데요. 저희도 정황상 구봉팔 습격을 사주한 것이 광금후란 의견이었습니다."

그리고 광금후의 몰락은 자연히 조세화 파벌인—그런 것으로 생각되는—구봉팔 측에 힘을 실어 주는 결과로 이어진다.

여진환이 말을 이었다.

"그렇게 따지면 둘은 적대 관계란 의미인데 그러면 구봉팔은 결과적으로 광금후 편을 들어주었단 것이 되지 않습니까?"

박순길이 단언했다.

"그건 아니여."

"예?"

여진환이 의아해하자 박순길이 말했다.

"어디까지나 광금후가 나쁜 놈이란 걸 염두에 두고 하는 말이지만, 결과를 놓고 보믄 그 일로 구봉팔이는 광금후의 목줄을 쥐어 버린 것이제."

"……아."

박순길의 말에 여진환은 다소 깨닫는 바가 있었다.

어디까지나 광금후가 실제로 마약 밀매에 가담했다는 가설을 전제로 한 결과론이기는 하지만, 그 전제를 바탕으로 보자면 어제 주주총회석에서 의장을 맡은 광금후가 얌전하게 굴었던 점도 다소 납득이 갔다.

'그러니까 조광, 구봉팔 측은 광금후의 마약 밀매 건을 덮어 주는 대신 그를 굴복케 했단 의미가 되나?'

박순길은 생각에 잠긴 여진환을 힐끗 쳐다본 뒤 말을 이었다.

"게다가 따지고 보믄 말여, 광금후가 참말로 그랬단게 알려지뿌믄…… 안 그래도 뒤숭숭한 조광 그룹의 이미지에 타격이 가지 않겠는감?"

하긴, 지금 조광이 의장까지 맡은 광금후를 무턱대고 경질해 버리면 조직 내부의 혼란만 가중될 뿐이니, 조광은 광금후의 치부를 적당한 선에서 덮고 광금후의 목줄을 쥐는 것으로 그와 어느 정도 타협을 본 것일지도 모른다.

"그것도 그렇군요."

"내 말이 그거여."

거기에 더해 그 당시 광남파가 일소되었다면, 광금후는 하루아침에 광남파를 쓸어 버린 조광의 저력(부산 조폭을 끌어들이기는 했으나)을 보고 지레 겁을 먹었을지도 모를 일.

'다만.'

여진환이 어깨를 으쓱였다.

"다만 어디까지나 박 형사님 말씀대로라고 한다면 그렇겠지만요. 아무리 부산 조폭이 전국적으로 알아주는 놈들이라지만 광남파도 그렇게 작은 조직은 아닐 텐데, 그게 그렇게 손쉽게 가능했겠습니까?"

여진환의 말에 박순길이 혀를 짧게 찼다.

"그건 하나만 알고 둘은 모르는 소리제."

"예?"

"부산 조폭이 전국적으로 알아준다고 했는감? 아니여, 험악하기로 따지면 전라도 조폭이 더 대단허지."

"……."

그는 왜 이런 일에 지역적 자부심을 들먹이는 걸까.

"아무튼 간에."

박순길이 말을 이었다.

"일이 이렇게 되든 암만 광수대 엘리트 양반들이라 하더라도 광금후랑 신진물산 그짝을 후비 봐야 더 이상 뭔가가 나올 건덕지는 없을 것이여."

"……."

박순길의 말을 있는 그대로 다 받아들일 수는 없겠지만, 만약 박순길의 말대로라면 사건의 스케일이 꽤나 커질 것 같다고 여진환은 생각했다.

"근데 진환이 자네, 혹시 부산에 아는 경찰 있는감?"

"예? 아, 아뇨."

"굳이 자네가 아니더라도 우리 팀에서 말여."

박순길의 질문에 여진환이 쓴웃음을 지었다.

"정 형사님과 연락을 주고받던 형사님이 한 분 계시기는 했습니다만, 얼마 전 밀가루 사건 이후 대규모 인사 개편이 있었다는 모양입니다."

"으잉? 그걸로 물갈이가 되어 부렀어?"

"……그런 느낌입니다."

들리는 말에 의하면 그 뒤, 정진건과 연락을 주고받으며 수사 안건을 공유하던 김강철 형사도 경질을 당했다는 듯했다.

"아따, 거참."

박순길이 혀를 찼다.

"부산 경찰들은 영 유도리가 없구마잉."

"예⋯⋯."

"그라믄 인자는 아예 연락도 안 되는 상황이어라?"

"글쎄요, 정 형사님은 알고 계실지도 모르겠습니다만."

"긍가. 그짝은 난중에 정 형사님께 문의를 해 봐야겠구마잉."

박순길의 말에 여진환이 슬쩍 물었다.

"저, 박 형사님. 그쪽은 저희 관할이 아닌데 너무 관여하는 것도 좀 그렇지 않겠습니까?"

"뭔 소리여?"

박순길이 픽 웃었다.

"우리가 누구여, 광역수사대 아닌감? 근데 광수대에 관할이 어딨능가. 내도 따지고 보믄 전라도서 올라온 건디."

"⋯⋯."

그건 그렇지만, 광수대는 그 이름과 달리 전국 단위로 일을 진행한 적은 아직 없었다.

"그랑께 진환이 자네는 염려 붙들어 매더라고잉."

"⋯⋯예."

마지못해 대답하기는 했으나 정말 그래도 될지, 여진환은 확신하기가 힘들었다.

박순길은 그런 여진환을 힐끗 쳐다보았다가 다시 정면을

주시하며 생각에 잠겼다.

'여 형사한테는 말을 안 했지만은, 역시 냄새가 난단 말이지.'

박순길 역시도 자신이 꺼낸 가설이 얼토당토않은 것이란 것쯤은 자각하고 있었다.

하지만 정말로 그런 거라면, 자신의 가설대로 조광이 부산 조폭과 손을 잡고 광남파를 친 것이라면?

'자연스레 광남파 놈들이 거래하던 물건은 부산 조폭 놈들이 묵는다 이거제.'

그리고 광남파 내부에 그들을 배신한 인물이 있을 거라는 생각도 들었다.

'마약 대신에 밀가루를 갖고 농락하믄서, 동시에 경찰을 이용한 놈이겠지. 그라고 그럴라 하믄……'

전면에 나서지 않으며 이 모든 걸 뒤에서 조율했을, 그런 인물이 있을 것이다.

'또, 그건 아마도……'

이성진.

박순길은 그 '설계자'가 그들 사이에서 숱하게 그 이름이 오르내리는 이성진일 가능성이 높다고 생각했다.

'그야 나도 듣기로는 아직 초등학생인 얼라라고는 들었지마는……'

박순길은 아직 이성진을 만나 본 적이 없기에 그 선입견에서 자유로웠다.

'그 모든 일에 이성진이라는 그 얼라가 엮여 있는 건, 단순한 우연일까?'

듣기로 어제 조광 그룹 임시 주주총회에서 조세화가 발표한 'J&S컴퍼니'라는 곳도, 이성진이 사장으로 있는 SJ컴퍼니와 합자회사라고 하지 않던가.

'만약 그런 거라면……. 흐미, 상황이 영 복잡하구마잉.'

슬쩍 알아보니 이성진을 만나 본 모두가 그에게 호감을 느끼고 있었다.

그건 정진건이나 강하윤은 물론이거니와 여진환도 마찬가지였다.

'내도 그런 얼라가 그런 짓을 획책했을끼라고는 생각하기 싫은데 말여.'

박순길은 속으로 한숨을 내쉬며 묵묵히 차를 몰았다.

'솔찬히 말도 안 되는 소리기도 하고.'

차라리 그렇게 보이도록 누군가가 일부러 설계를 한 거라면, 조금 마음이 편해질 것 같긴 했다.

고과의 무덤.

검사들 사이에서는 광수대를 일컬어 어느새 그런 소문마

저 도는 듯했다.

그야 앞서 김보성 검사가 지방으로 좌천되기는 했으나 후임인 박강호의 귀에도 그런 소문이 나돈다는 건, 그들도 이번 신진물산 수사를 벌써 부정적으로 보고 있다는 의미일 것이다.

즉, 한 번 일어난 일이 두 번째에서도 연달아 반복된다면 이미 징크스의 영역에 아슬아슬하게 발을 걸치는 일이 된다고 할까.

'가당찮은 미신이지만 자칫하면 선례로 남을지도 모르겠군.'

김보성을 존경하는 박강호로서는 그 소문이 선례로 남을 것 같은 현 상황이 마음에 들지 않았다.

'잘 알지도 못하면서 말이야.'

김보성의 좌천은 그가 무능해서도, 광수대가 제 역할을 다하지 못해서도 아니었다.

김보성은 유능했고, 실제로도 그 와중 어느 정도 괄목할 만한 성과를 거두었다.

그는 미제로 남을 뻔하고, 그 똘마니가 덤터기를 쓰고 들어갈 법한 살인사건에서 조설훈의 장남을 살인 혐의로 기소하는 것에 성공한 것이다.

'이후 벌어진 더 큰 사건들 때문에 조금 묻히기는 했지만, 그렇다고 그런 일들은 결코 폄훼될 것은 아닌데.'

그럼에도 김보성이 좌천된 것은 외압에 굴하지 않았을 뿐이라는 서글픈 사유 탓이었다.

'그런데도 그런 터무니없는 미신이나 쑥덕거린다니…….소위 대한민국 엘리트들이 모였다는 검찰청 사이에서 나돌 이야기가 아니군.'

그런 의미에서 박강호는—수색영장까지 발부받았음에도 불구하고—죽을 쑤고 있는 이번 수사가 자신의 무능 탓은 아닌가, 진지하게 재고하기도 했다.

광수대로 인사 발령을 받은 박순길의 자기소개 때 박강호가 불참했던 것도 그와 무관하지 않은 것으로, 그 시각 박강호는 '이쯤 해서 슬슬 덮자'는 윗선의 잔소리를 듣고 있었던 것이다.

'골치 아프게 됐어.'

미신에 불과할지라도 그런 '선례'가 남고 말면, 광수대엔 악순환의 고리가 만들어진다.

직위 해제가 두려운 것은 아니지만 유능하고 야심만만한 검사는 광수대에 배속되길 꺼려 할 것이고, 그 결과 '고과의 무덤' 취급받는 광수대에는 추후 윗선의 명령을 거부할 수 없는 신참, 변호사 사무실 개업의 꿈에만 부푼 검사들이나 스쳐 지나갈 장소로 남게 되리라.

박강호는 자신이 그런, '두 번째'가 되어 선례를 남기게 되는 것이 그 무엇보다도 께름칙했다.

물론 털어서 먼지 안 나오는 회사 없다고, 광금후에게 작정하고 혐의를 적용하자면 못 할 것도 아니다.

　'하지만 어차피 그런 일로 넣어 봐야 판사는 집행유예나 때리겠지.'

　그건 이만한 인력과 예산을 투입한 것치고는 형편없는 성과이자, 사실상 박강호가 백기를 흔드는 일밖에 되질 않는다.

　더군다나 엎어진 곳에 물웅덩이라도 있는 것인지, 어제오늘 조광과 관련한 뉴스 탓에, 박강호는 그런 일조차 할 수 없게 되었다.

　현재 조광의 이미지가 '대대적인 혁신'을, 나아가 국민 모두에게 장밋빛 미래를 선사할 그런 대상으로 격상한 시점에 임시 주주총회의 의장까지 맡았던 광금후를 시답잖은 혐의로 기소한다면 여론의 뭇매를 맞을 일.

　'곤란하게 됐어.'

　설마 광금후는 그런 것을 노리고 있었던 건……?

　'아니, 그건 생각이 과하군.'

　한숨을 내쉬며 사무실로 복귀했더니 방승혁 수사관이 그를 맞았다.

　"오셨습니까."

　"예. 별일 없었죠?"

　"예."

"그렇군요."

아무리 무소식이 희소식이라지만 자신이 부재중일 때 아무 일도 없었다는 건 별로 좋은 소식이 아니었다.

"그래도 아무 일도 없었던 건 아니죠? 박순길 형사님도 합류하셨으니 말입니다."

방승혁이 쓴웃음을 지었다.

"예, 뭐."

"인사를 하기는 해야 할 텐데, 지금 사무실에 있습니까?"

"아까 여진환 형사와 외근을 나갔다고 들었습니다."

"그래요?"

그러잖아도 그가 여진환과 면식이 있다는 이야기는 들었던 터였다.

"잠시 광수대에 계셨던 적이 있으니 적응은 잘 하시겠군요. 그러면 복귀하는 대로 얼굴이나 한번 보자고 전해 주십시오."

"예."

그렇게 짧은 대화를 마치고 개인 사무실로 돌아가려는데, 대화가 끝나길 기다린 사무원이 끼어들었다.

"검사님, 방금 정진건 형사가 면담 요청을 했습니다."

박강호가 발걸음을 멈추고 몸을 돌렸다.

"그래요? 알겠습니다. 제가 그쪽으로 가죠."

"예, 전달해 두겠습니다."

어차피 종이가 닳도록 들여다본 서류에서 더 이상 뭐가 나올 것 같지도 않으니까.

그나저나 정진건의 면담 요청이라, 무슨 일일까.

박강호는 아무렇지 않은 척 표정 관리를 하며 사무실을 나섰다.

"아, 방 수사관님도 함께 가시죠."

"예."

방승혁도 기다렸다는 듯 자리에서 일어나 박강호의 뒤를 따라 사무실을 나섰다.

광금후를 정식으로 기소하여 그가 사장으로 있는 신진물산에 압수수색 영장까지 발부받은 뒤로도 정진건이 만든 비공식 팀은 지금도 이어지고 있었다.

그래도 그때와 달라진 점이라면 쓰지 않는 창고를 무단으로(?) 점거하다시피 했던 방에 이제는 정식으로 사무실 명패가 붙었단 점일까.

똑똑.

방승혁이 박강호를 대신해 노크하자 안에서 정진건이 말했다.

"예, 들어오십시오."

사무실로 들어가니 정진건이 조금 놀란 얼굴로 자리에서 일어섰다.

"일찍 오셨군요."

그도 그럴 것이 면담 요청 연락을 한 지 몇 분 되지도 않았으니까.

"저도 방금 왔습니다."

"예, 들어오시죠."

정진건이 서류를 들고 일어서며 가운데 놓인 탁자로 향하며 통화 중인 강하윤에게 눈짓하자, 그녀는 고개를 끄덕이며 통화를 마쳤다.

"그런데 정 형사님, 무슨 용건이십니까?"

"아, 예. 강 형사."

강하윤도 책상에 놓인 서류 뭉치를 한아름 안아 들고 가운데 놓인 탁자로 왔다.

"검사님께서도 알아 두셔야 할 것 같아서 말입니다."

그러며 정진건이 강하윤을 보며 말을 이었다.

"강 형사, 방금 알아본 건 어떻게 됐나?"

"예, 확인 결과 선배님이 예상하신 대로였습니다."

"그랬군."

대체 무슨 이야기를 하고 있는 중이지?

박강호가 어리둥절해하자 정진건이 고개를 살짝 숙였다.

"아, 죄송합니다. 검사님이 오시기 전까지 강 형사에게 창원에서 발생한 물류 창고 화재의 보험을 조사하도록 했던 차였습니다."

창원 물류 창고 화재.

그 일은 박강호도 스치듯 보고를 받은 기억이 났다.

'신진물산 건으로 바빠서 제대로 파 보진 못했지만.'

그것과 별개로 정진건은 그들이 뒤로 물려 둔 창원 물류 창고 화재 건을 독자적으로 조사하고 있었던 모양이었다.

"무슨 일입니까?"

"예. 간략히 말씀드리면 물류 창고에 가입한 물품의 손실 보험 내역이 전무했다는 내용입니다."

정진건의 대답에 박강호는 눈을 가늘게 떴다.

보통, 물류 창고가 보험을 가입하게 되면 보관 상품과 관련한 보험까지 가입하는 것이 정석이다.

'천재지변이 발생하면 창고뿐만 아니라 그 창고 내부 물건도 손실을 입기 마련인 건 인지상정이니.'

하지만 정진건이 전달한 내용은 그런 '보험 가입 내역'이 전무했다는 것.

다만.

"당일에는 창고에 적재된 물류가 없었다거나 할 수도 있지 않습니까?"

"예, 조사 결과는 그러했습니다. 실제로 창원 경찰 측 역시 당시 창고 내부엔 이렇다 할 물건은 없었다고 했고요."

그 말을 들으니 뭔가가 있으리라 생각한 박강호의 기분도 조금 싱거워졌다.

'뭐, 그런 거라면……. 아니 잠깐만.'

정진건은 고작 그런 일을 보고하려고 자신을 여기로 부를 인물은 아니다.

"저희가 주목해야 할 만한 다른 내용이 있습니까?"

"예. 알아본 결과……."

정진건은 강하윤이 가져온 서류 중 하나를 꺼내 들춘 뒤, 그걸 박강호 검사가 볼 수 있도록 돌려 건넸다.

"해당 창고에서는 이전에도 '물류 손실 보험'이 가입된 내역이 전무했습니다."

정진건의 대답에 박강호가 움찔했다.

어느 지방 오지도 아니고, 각종 중공업 단지가 조성된 계획도시인 창원에서 물류 창고의 비중은 크다.

"그렇다는 건…… 해당 물류 창고에는 물품이 보관된 적이 없다는 말씀입니까?"

그런 상황에 금싸라기라면 금싸라기인 창원 물류 창고에 물류 손실 보험이 가입된 내역이 없었다니, 유지 비용이며 기회비용을 생각하면 돈을 허투루 쓰는 게 취미가 아니고서야 창고를 비워 둘 리가 없다.

박강호의 물음에 정진건이 의미심장한 어조로 대답했다.

"혹은 물건이 있음에도 보험에 가입하지 않았단 의미로도 해석할 수 있을 것 같습니다."

말인 즉, 해당 물류 창고가 창고의 역할을 수행하면서도 그 일을 '서류'로 남길 수 없었던 이유가 있으리란 말이었다.

그렇다고 화재로 전소한 창원 물류 창고가 사용되지 않고 버려진 장소였다는 이야기는 아니었다.

실제로 내부에는 사용감이 남은 사무실이며 내부가 텅 빈 금고 등이 남아 있었으니까.

정진건이 말을 이었다.

"공교로운 일입니다만, 해당 창고에 화재가 발생한 시각에 부산에서는 소소한 해프닝이 있었습니다."

'소소한 해프닝'이란 말에 박강호는 쓴웃음이 나오려는 걸 간신히 참았다.

"예의 밀가루 말씀입니까?"

비록 언론에 보도되는 것만큼은 막았지만, 부산 경찰이 밀가루를 마약으로 오인하여 현장에 있던 관계자들을 체포했다가 풀어 주었다는 내용은 그 바닥에 파다하게 퍼져 있었다.

또한 그 일로 부산 경찰 측은 그에 대한 문책을 가하기라도 하듯 인사개편을 감행하였고, 정진건에게 정보를 제공하던 김강철 형사 또한 그 일로 직위가 해제되었다는 이야기도 들려왔다.

'지금은 왠지 남의 일 같지가 않아.'

박강호의 머릿속에 떠오른 자조 사이로 정진건의 대답이 끼어들었다.

"예. 그래서 저희는 부산에서 있었던 일과 창원 물류 공장 화재 사이에 어떤 접점이 있지는 않은가, 생각 중입니다. 우연치고는 시간과 장소가 공교로워서요."

정진건이 말한 의미를 잠시 생각하던 박강호는 진지한 얼굴로 그를 보았다.

"즉, 정 형사님은 지금 화재가 났던 창원 물류 창고가 광남파의 아지트와 마약 창고를 겸했다는 말씀을 하고 싶으신 겁니까?"

"그럴 가능성도 염두에 둘 필요가 있다고 생각합니다."

"······흐음."

박강호가 침음을 흘렸다.

그야, 억지로 엮은 감이 없지는 않지만 캐 볼 만한 일이기는 했다.

광남파 혹은 그 관계자를 잡아들일 수만 있다면 그 입이 열릴지도 모르나, 신진물산의 광금후가 이렇게까지 잡아뗄 수 있었던 건 어디까지나 '분식회계 의혹'에 근거한 수상한 정황 뿐.

경찰과 검찰은 그가 거래한 광남파의 흔적을 찾지 못해 시간만 허비하고 있는 중이었다.

심지어 광금후는 어저께 보란 듯 조광 임시 주주총회 의장 자격으로 참석해 가며 현재 경찰의 수사가 허황된 것이라는 식의 제스처를 취하고 있지 않은가.

그건 광금후가 광남파가 흔적도 없이 사라진 이유를 잘 알고 있기 때문일 것이다.

'그건 그렇지만.'

하지만 다른 때도 아니고, 그런 일을 조사하는 데 시간과 인력을 허비해도 좋을지, 박강호는 확신이 서질 않았다.

'그래도 그런 전제를 삼는다면 어느 정도 상황이 맞아떨어 지는 것도 사실. 하지만 그건 돌파구가 없는 현 상황에 생겨 난 내 확증 편향일지도 모를 일이고…….'

그때 벌컥, 하고 사무실 문이 열렸다.

"다녀왔……. 어라."

의기양양하게 문을 열어젖힌 박순길은 박강호와 동행한 방승혁을 보곤 멈칫했다가, 박강호가 누구인지 단박에 알아 보곤 고개를 꾸벅 숙였다.

"처음 뵙겠습니다, 목포서 올라 온 박순길입니다."

"아, 예. 말씀 많이 들었습니다. 박강호 검사입니다."

박순길은 멋쩍은 얼굴로 박강호의 악수를 받은 뒤, 머리를 긁적이며 정진건을 보았다.

"중요한 이야기 중이신 거 같은디…… 좀 있다가 올깝쇼?"

"아니. 마침 잘 왔네. 박 형사도 앉게나."

정진건의 말에 박강호도 고개를 끄덕여 동의하자 박순길 은 '그러면…….' 하며 적당한 자리에 앉았고, 뒤따라온 여진 환도 그 옆자리에 자리를 잡았다.

두 사람이 자리를 잡자마자 정진건은 다시 입을 뗐다.

"박순길 형사와 여진환 형사에게는 따로 구봉팔에 대한 조사를 의뢰했습니다."

"구봉팔 말입니까?"

"예. 들으니 어제 주주총회에 '멀쩡히' 참석했다는 이야기를 들어서요."

정진건이 고개를 돌려 박순길을 보았다.

"그래, 어떻던가?"

"예, 장건후 금마……. 어이쿠, 죄송합니다."

박강호가 빙긋 웃었다.

"아뇨, 괜찮습니다. 계속하시죠."

"아, 예."

방금도 박순길은 잠시 정진건과 별로 허물없이 대화를 나누는 박강호를 보며, 김보성의 후임으로 들어온 박강호 검사도 꽤 말이 잘 통하는 인물일 것 같다는 생각을 했던 터.

'검사 영감님들 중에는 경찰을 제 아랫사람인 양 취급하는 양반들도 많은데 말이여.'

그래서 방금 일부러 그를 떠본 박순길은 이제 초면의 박강호에 대한 경계심을 내려놓으며 대답을 이어 갔다.

"흠, 흠. 암튼 장건후를 만나고 왔습니다만, 갸가 하는 이야기를 들어 봉께 쪼까 걸리는 것이 있더구만요."

박순길이 말을 잇기 전 박강호가 끼어들었다.

"장건후라면, 이따금 이름이 언급되던 그 사람입니까?"

"예, 그렇습니다."

정진건이 대신 답했다.

"아, 죄송합니다. 박 형사님, 계속하시죠."

"예."

그러며 박순길은 구봉팔 측이 당초 석동출을 습격 사건의 배후로 생각했다는 점이며, 구봉팔이 태연히 돌아다니는 것을 대수롭지 않게 생각하더란 내용을 전했다.

"이거슨 말로 전하기가 쫌 힘든데, 지는 거서 냄새가 나더구만요."

그렇다고는 해도 검사에게 '추측'의 영역까지 꺼내도 괜찮을까 싶었던 박순길은 슬쩍 박강호의 눈치를 살폈지만, 그는 계속해 보라는 듯 짧게 고개를 끄덕일 뿐이었다.

그래서 박순길은 말했다.

"혹시, 구봉팔이 두문불출하던 시간에 사실은 부산에 내려갔다 온 것은 아닌가 하고요."

박순길의 말에 일동은 물을 끼얹은 듯 조용해졌다.

'뭐, 좀 과감한 추리이긴 하다만.'

여진환은 그렇게 생각하며 인물들의 면면을 살폈는데, 의외로 박순길이 초면인 박강호를 제외하곤 다들 그 의견에 귀가 솔깃한 것처럼 보였다.

여진환은 모르고 있지만 박순길의 소위 '형사로서의 감'은 잘 맞아떨어져서, 저번에 박순길과 함께 일했던 전적이 있는 인물들은 그 입에서 나오는 발언을 허투루 넘기지 않는 것이다.

"그건……."

박강호가 어색하게 웃었다.

"조금 과감한 추리 같습니다만."

"그렇기는 합니다."

박순길은 그럴 줄 알았다는 듯 어깨를 으쓱였다.

"그런데 생각해 보면, 몇 주간 요양을 해야 할 정도로 큰 부상을 입은 구봉팔이가 멀쩡하게 돌아 댕기는 것부터가 좀 그렇지 않습니까?"

물론, 실제로 구봉팔은 부산에서 흉기에 피습을 당했고, 지금은 그 부상이 회복된 다음 돌아다니는 것이지만 그들이 구봉팔에게 일어났던 일을 알 턱은 없었다.

"그건 그렇습니다만……."

미심쩍어하는 박강호에게 박순길은 얼른 자신의 견해를 밀어붙였다.

"그라고 말입니다, 그동안 부산 조폭들이 나와바리에서 장사하던 광남파를 못 친 것이 그 배후에 있던 광금후를, 나아가 조광을 의식한 것 때문이라면, 거기서 광금후는 우덜 식구가 아녀, 하고 '보증' 같은 걸 해 줄 만한 사람이 있어야 하지 않겠습니까? 지는 그게 슬그머니 부산으로 내려간 구봉팔이 아닐까 싶걸랑요."

광수대로 복귀하는 사이 박순길의 추리는 살을 붙여 조금 더 단단해졌고, 박순길은 거침없이 자신의 견해를 이어 갔다.

　이윽고 박순길의 주장을 끝까지 들은 박강호가 고개를 돌려 정진건을 보았다.

　"정 형사님은 어떻게 생각하십니까?"

　"한번…… 파 볼 가치는 있다고 봅니다."

　정진건이 말을 이었다.

　"만약 박 형사의 견해대로라면, 이번 사건은 서울에서만 수사를 진행해도 더 이상 나올 것이 없거나, 부산 경찰 측에서 뭔가를 알아내 주길 기다리는 수밖에 없습니다."

　"흠."

　박강호가 물었다.

　"그러면 부산으로 출장을 다녀와야겠군요."

　"예. 바쁜 와중에 일손이 비게 되어 공교롭습니다만."

　정진건이 대답을 이어 갔다.

　"검사님께서 허락하신다면 박순길 형사와 저, 둘이서 다녀오면 어떨까 합니다."

　박순길은 그렇다 쳐도 정진건까지?

　'이 팀의 베테랑 둘이 자리를 비우는 건 조금 뼈아픈데…….'

　그렇다고 신참인 강하윤과 여진환 두 사람을 내려보내는

것도 조금 그렇고, 부산에 연락책이 있는 정진건을 내려보내는 것이 합리적이다.

'그래, 여차하면 방 수사관님도 계시니까.'

그러니 박강호는 어떤 의미에서는 적절한 인선이라고 생각하기로 했다.

"좋습니다. 그러면 그렇게 하시죠."

"감사합니다."

이렇게 될 줄 짐작은 했지만, 박순길은 전근을 오자마자 갑작스레 출장이 결정된 셈이었다.

'흠, 정 형사님이랑 둘이서 가는 게 싫다는 건 아니지만서두…… 다른 방법도 있었을 텐데 말여.'

뭔가 있긴 있는 것 같다고 생각했지만, 박순길은 일단 잠자코 있기로 했다.

쇠뿔도 단 김에 뽑으랬다고, 정진건과 박순길 두 사람은 곧장 출장 준비에 들어갔다.

"오자마자 출장을 떠나게 해서 미안하군."

정진건의 말에 박순길이 픽 웃었다.

"아따, 정 형사님도 뭘 그런 걸 갖구. 마침 이삿짐 들어가기 전까지 밖에서 지내야 하던 차에 잘됐당께요."

박순길이 말을 이었다.

"그라고 지가 아직 부산에 가 본 적이 없어라. 이 기회에 겸사겸사 부산도 가 보는 거 아니겠습니까?"

놀러 가는 건 아니었지만, 어쨌거나 그렇게 말해 주니 정진건은 박순길의 마음 씀씀이가 고마웠다.

두 사람은 출장에 필요한 서류를 작성한 뒤 광수대를 나섰다.

박순길은 목포에서 끌고 온 차량 열쇠를 아무런 망설임도 없이 여진환에게 맡겼고, 부산에는 정진건의 자가용을 타고 가기로 했다.

정진건은 갈아입을 옷가지며 여행 용품을 챙기러 집에 잠시 들렀고, 가족들은 그의 갑작스러운 출장에 놀라는 눈치이긴 했으나 어차피 좀처럼 집에 들어오는 일이 드물어서 그런지는 몰라도 군말 없이 그를 배웅했다.

"아빠, 다녀오세요."

정서연의 배웅을 받으며 차에 오른 정진건은 지체 없이 부산으로 향했다.

"그런데 정 형사님."

정진건이 모는 차가 고속도로에 올라 온 뒤, 박순길이 툭 하고 말을 꺼냈다.

"정 형사님이랑 동행하는 게 싫어서는 아닌데, 저를 콕 짚어서 부산에 가는 이유가 있습니까?"

박순길의 말마따나 정진건이 부산으로 출장을 갈 때, 굳이 박순길을 지목할 필요는 없었다.

경찰이기 이전에 여자인 강하윤은(강하윤 본인은 그렇게 생각하지 않을지 몰라도) 예외로 두더라도, 정진건은 박순길 대신 여진환을 대동하는 선택도 가능했다.

아닌 말로 박순길은 이제 갓 발령을 받았다 뿐이지 실력 면에서는 흠잡을 곳이 없다.

반면 여진환이며 강하윤은 아직 경험이 부족한 신참.

그러니 효율을 생각하면 정진건은 박순길이 아닌 여진환과 함께 부산 출장을 가는 것이 보다 합리적인 인선 배치였다.

정진건은 박순길이 그런 말을 할 줄 알았다는 듯 담담히 대꾸했다.

"그러잖아도 슬슬 이야기를 해 보려 했네. 사실, 이번 부산 행에 여진환 형사를 배제한 건 그만한 이유가 있었어."

"으잉, 혹시 진환이가 좀 불편합니까?"

"그런 게 아니라……. 이번에 부산에 내려가면 거기 여진환 형사가 잘 아는 사람이 있을 거 같아서."

부산에 지인이 있다면 더 좋은 일이 아닌가?

정진건은 아리송해하는 박순길을 힐끗 보곤 말을 이었다.

"박 형사, 혹시 석동출 형사를 알고 있나?"

"석동출 형사? 그 사람이믄……."

박순길이 기억을 더듬어 석동출을 떠올렸다.

"아, 기억났습니다. 거시기, 석동출 형사라믄 배성준 형사의 버디였던 그 사람 말입니꺼?"

"그래."

"뭐, 자도 별로 이야기는 못 해 봤지마는…… 암튼 그 사람 이야기는 왜 꺼냈어라?"

정진건은 석동출과 여진환이 개인적으로 잘 알고 지내던 사이였다는 것과, 석동출 형사가 얼마 전 아무런 말도 없이 경찰을 관두고 사라졌다는 이야기를 전했다.

"허어. 고거 참."

박순길이 턱을 긁적였다.

"어쨌거나 석동출 형사는 조설훈이 죽은 현장에 남아 있었던 유일한 목격자 아닝교. 혹시 석동출 형사도 뒤가 구린겁니까?"

"그런 건 아닌 듯한데."

그 말을 한 뒤 잠시 생각에 잠겼던 정진건이 다시 입을 열었다.

"그가 배성준 형사처럼 뒷돈을 받아 왔다면 감사에 걸렸겠지만, 그런 일은 없었어. 들리는 말로도 강직하고 성실한 성격이었다고 하고."

때론 그게 지나쳐 도를 넘는 경우도 있는 모양이지만.

"하지만 동시에 그가 그날의 진상을 알고 있는 유일한…… 사람인 것도 분명하지."

'유일한 사람'에서 말끝을 흐리고 만 건, 그도 현장에 알려지지 않은 제3자가 있었으리라 생각하고 있기 때문이었다.

"그란데 여기서 석동출 형사 이름이 왜 나오능교? 아, 혹시 석동출 형사는 지금 부산에……?"

"이건 내 생각이 아니라, 박강호 검사님 생각이지만……. 석동출 형사는 어쩌면 거기 있을지도 몰라."

"예?"

"어디까지나 그럴지도 모른다는 것이고, 아직 확정 사항은 아니니 너무 새겨듣지는 말게."

정진건이 말을 이었다.

"지금 부산 조폭 연합의 수장…… 의장? 뭐라고 할지 모르겠군. 아무튼 그들을 묶어 주는 구심점 역할을 하고 있는 인물이 있는데, 마동철이라고 하더군. 마동철은 마순태라고, 부산에서 꽤 알아주는 조폭 두목의 조카라고 하는데……."

어차피 장시간 운전을 해야 하는 차여서, 정진건은 김강철에게 들은 내용을 상세히 전했다.

"흠, 왠지 허수아비란 느낌이 드는구만요."

"아마 그렇겠지. 그런데 부산에 있는 마동철은 마동철 본인이 아닌 그 사칭자야."

"엥? 그걸 어떻게 아셨당가요?"

"얼마 전, 실제로 마순태의 조카 마동철 씨를 만나 보았거든. 다소 공교로운 일이지만 나랑 한 다리 건너 아는 사이더군. 그는 서울에서 엔터테인먼트 사업을 하고 있는 건실한 사람이었네."

"허어."

정진건이 어깨를 으쓱였다.

"그 내용을 박강호 검사님께 전했더니, 검사님께서는 혹시나, 하며 내게 말씀하시더군."

정진건은 뒤이어 마순태와 안기부, 그리고 석동출이 그 안기부의 사주를 받아 마동철의 이름을 앞세워 위장 잠입해 있는 것은 아닌가, 하는 내용을 박순길에게 전달했다.

"흐미, 안기부라니."

예상대로 박순길은 황당함을 금치 못했다.

"솔찬히 말씀드리면 좀…… 받아들이기 힘듭니다."

"나도 부정하지는 않겠네. 그런데 박강호 검사님 말씀으론 안기부는 김보성 검사님이 계실 때부터 이번 일에 관여해 온 모양이야."

"예? 김보성 검사님 때부터?"

"정확히 말하면 관여했다기보다는 지켜보고 있었다……는 느낌일까."

"……."

"어쨌거나 확률이 백분의 일일지라도 석동출 형사와 개인적인 친분이 있던 여진환 형사를 이번 출장에 대동할 수는 없었네."

정진건이 담담히 말을 이었다.

"필요에 따라서는 우리가 직접 그 마동철을 사칭하는 인물에게 쇠고랑을 채워야 할지도 모르지 않겠나?"

"……쩝."

생각을 정리한 박순길이 턱을 긁적였다.

"그랑께 정리하자믄, 안기부에서 석동출 형사를 빼돌려서 리 석동출 형사더러 '일 하나 합시다' 해서, 석동출 형사가 지금 부산 조폭 연합의 허수아비 대빵 역할을 하고 있다, 그 말씀이지라?"

"잘 정리했군. 뭐, 어디까지나 그럴지도 모른다는 가능성에 불과하단 걸 감안해야겠지만."

"흐으음."

그러고 한동안 박순길은 입을 다물고 침묵했다.

"이거 모르겠네."

한참 동안 생각에 잠겼던 박순길이 고개를 휘휘 저었다.

"뭐가 걸리나?"

"예에, 뭐, 석동출이가 부산에서 마동철을 사칭한다고 칩시다. 그라믄 석동출이는 왜 안기부랑 어울리는 걸까요잉?"

정진건이 무어라 말하기도 전에 박순길이 덧붙였다.

"심지어 조설훈을 총으로 쏴 죽인 것도 안기부일 텐데 말이어라."

"……뭐?"

조설훈을 죽인 게 안기부?

박순길이 말을 이었다.

"응? 아닝교?"

"……그런 이야기는 들어보지 못했군."

"아, 그러면 아닌가. 하긴, 지 다리에 총까지 쏴 부린 사람 명령을 듣는 것도 고역이긴 하니께."

박순길이 어깨를 으쓱였다.

"안 그렇습니까?"

"……음."

박순길은 대수롭지 않게 넘겼지만, 정진건은 박순길이 별 생각 없이 던진 말을 듣고는 생각에 잠겼다.

'최종적으로 조설훈을 살해한 게 안기부?'

왜 지금껏 그런 생각은 떠올리지 못한 것일까.

명색이 국가기관인데 그런 범죄를 저지를 리 없다고 생각해서?

아니면 그걸로 안기부가 얻을 이익이 없기 때문에?

하지만 그것도 지금 와서는 '정말 아무런 이익도 없었는지' 잘 모르게 됐다.

'어떤 의미에서는 맹점이었군. 조설훈을 살해한 것이 안기부라……. 그렇다면 대체 무슨 이유로?'

정진건은 지금 당장이라도 양상춘과 그 가설을 상의하고 싶은 기분을 꾹 눌러 참았다.

지금 정진건은 부산의 마동철이 석동출이었으면 하는 바람과 아니었으면 하는 바람이 반반이었다.

―아무튼 나는 네가 시키는 대로 했다. 그쪽 일에 필요한 경비는 서비스야.

크리스는 전화기 너머 들려오는 이성진의 말에 픽 웃었다.

"다 너 좋으라고 하는 짓인데. 그건 당연한 거 아니냐?"

―……왜 당연한 일이라고 생각해?

쯥.

여지를 남기는 이성진의 목소리에 크리스는 속으로 혀를 찼지만, 입 밖으로 나오는 목소리는 낭랑하게 했다.

"이쪽도 예산이 빠듯하다는 의미야. 내가 넉넉잡고 말을 꺼냈으면 그보다 몇 배는 더 요구할 수 있었을 거다."

말은 그렇게 했지만, 크리스가 이성진에게 요구한 1억은 최대한의 마지노선이었다.

'놈의 성격을 생각하면 그 이상을 부르는 건 마이너스니까.'

이성진(한성진)은 전생에도 그런 일을 도맡아 해 온 만큼, '유령 인간'을 한 명 만드는 데 어느 정도 금액이 필요한가 하는 것도 잘 알고 있다.

그러니 크리스가 실제로 이성진에게 요구한 액수는 적지 않은 금액임에도 예산이 빠듯했고, 이성진이 이를 흔쾌히(?) 수락한 것은 그만한 이유가 있는 일이기도 했다.

크리스는 이성진에게 생각할 여지를 주지 않고자 얼른 말을 이었다.

"아무튼 수고했어. 그러면 지금은 바쁘니까, 추후 경과보고를 해 주지."

ㅡ네가 바쁠 일이 뭐가 있어?

크리스는 문서로 빼곡한 인터넷 화면을 보며 대답했다.

"게임하느라 바빠. 한창 사냥 중이었는데 너 때문에 흐름이 끊겼잖아."

ㅡ그게 왜 내 탓이냐……. 아니 됐다. 나 참. 팔자 한번 좋군.

"알았으면 끊어. 학교 가기 전까지 뽕 뽑을 거니까."

ㅡ나도 그럴 생각이다. 그럼.

이성진은 말한 대로 전화를 끊었고, 크리스는 픽 웃으며 핸드폰을 닫아 책상에 올려놓았다.

'게임 페인으로 이미지 메이킹을 해 둔 덕을 조금 봤군.'

아무래도 이성진은 자신을 게임 페인으로 생각하는 모양이었고, 크리스는 그런 마이너스적 이미지를 적재적소에 활용하고 있었다.

'뭐, 그렇다고 게임을 안 한다는 건 아니지만.'

아무리 그래도 할 때와 하지 않을 때를 구분하는 정도의 분별력은 갖추고 있다.

'또, 미리 익숙해지면 나중에 도움이 될지 누가 알겠어?'

뿐만 아니라 게임 산업은 꽤나 돈이 된다.

전생에는 별로 눈길을 주지 않았던 크리스가 그때도 게임에 잠깐이나마 흥미를 가졌던 이유는 그게 '돈이 되기 때문'이었다.

스마트폰의 등장 이후로 게임에 대한 접근성이 낮아지고 시장이 커지며, 개중에는 분기당 몇 천억 단위의 매출을 올리며 황금알을 낳는 거위가 나타나기도 했다.

그렇다고 하더라도 게임을 제작하는 일은 당시 제조사로 덩치가 커질 대로 커진 삼광전자에서 할 만한 일도, 삼광의 인사고과 시스템에 어울리지도 않는 일이어서 이내 관심을 끊었지만.

크리스가 알아본 바, 게임 제작이란 아무나 할 수 있는 것처럼 보이지만 아무나 할 수 없는 그런 일이었다.

일종의 장인정신이 없으면 잘나가다가도 말아먹기 일쑤인데다, 시간과 인력을 갈아 넣어야 할 뿐만 아니라 온라인 게임을 만들기라도 하면 제작 이후에도 꾸준히 유지 비용이 빠져나간다.

'그래도 이번 생에는 혹시 모르지. 아마 한성진(이성진) 그 녀석도 지금 그걸 염두에 두고 토양을 다지고 있는 걸지도 모르니까.'

특히, 이성진이 패킷 몬스터 IP를 손에 넣은 것만큼은 크리스도 혀를 내둘렀다.

'아무튼 게임 산업이라면 이번 생의 이렇다 할 밑천도 없는

나라도 뭔가 할 수 있을 거야. 어디, 전생에 유행했던 게임이
뭐가 있더라…….'

이럴 줄 알았으면 전생에도 게임에 손을 대 볼 걸 그랬다
고 자책하며, 크리스는 전화기를 들었다.

이성진이 해 준 일 덕분에 모처럼 국제전화를 걸어야 할
일이 생겼으니까.

3장

그건, 시간을 조금 앞당겨 장여옥이 방한 중이던 당시의 일이었다.

장여옥이 한국에 와 있건 말건, 그날도 크리스는 요 며칠간 그랬듯 평소처럼 SJ컴퍼니로 향할 예정이었다.

'뭐, 이 몸의 신체 나이가 꼬맹이인 지금은 어쩔 수 없는 일이지.'

크리스의 보호자인 백하윤은 아직 어린 크리스 혼자 집에 두는 걸 꺼려 했지만 그렇다고 명색이 바른손레코드 대표인 그녀가 크리스 곁에 있을 수만도 없는 일.

설령 크리스를 바른손레코드로 데려오더라도 일이 바쁜 백하윤은 크리스를 제대로 케어 할 자신이 없었다.

그런 한편, 백하윤의 눈에 크리스는 SJ컴퍼니에서 퍽 잘 지내는 것처럼 보였다.

아무리 자신이 회사 대표라고는 하나, 백하윤이 바른손레코드를 완전히 장악했다는 것은 아니다.

오히려 바른손레코드 공동창업자의 후계자가 머리가 굵어지고부터는 회사 내부에 제 파벌을 만들기 시작하였고, 알음알음 벌어지고 있는 그 파벌의 씨앗에 백하윤도 진절머리를 내던 차.

그런 와중 회사를 '사적인 일'에 사용하는 건 상대 측에게 빌미를 제공하는 일이기도 했다.

(그러니 어쩌면, 백하윤이 제자인 서명선의 제안을 흔쾌히 받아들여 은퇴 후 재단을 맡기로 한 것엔 그런 일들의 영향이 있었으리라.)

반면 이성진의 지배(?)하에 놓인 SJ컴퍼니는 은근히 딱딱한 바른손레코드와 비할 것도 없이 자유로운 사풍을 자랑하였고, 이성진의 비서인 전예은도 크리스를 제 동생처럼 잘 챙겨 주었다.

그래서 백하윤도 내심 SJ컴퍼니가 크리스를 맡아 주는 것을 고맙게 여기면서도 크리스를 맡아 달라는 부탁을 미안하게 여기던 차에 전예은은 (그 능력을 발휘하여)그런 백하윤의 바람을 꿰뚫어 보고 먼저 제안을 했다.

「대표님만 괜찮으시다면 당분간만이라도 크리스를 저희

회사에서 챙겨 줘도 될까요?」

　물론 사전에 이성진의 허락을 받은 일이었다(이성진도 크리스를 눈에 보이는 곳에 두는 것이 더 좋다고 여겼으므로).

　그러면서 전예은은 백하윤에게 크리스가 회사에서 마스코트처럼 되었을 뿐만 아니라, 개발자들과 허물없이 두루 잘 지낸다는 이야기를 전했다.

　거짓말은 아니었다.

　실제로 크리스는 그 깜찍한 외모와 게임 실력으로 개발자 일동의 사랑을 받았고, 크리스는 크리스대로 낯가림 없이 그들과 어울리며 (게임)이야기를 주고받았다.

「그래도 미안해서…….」

「아니에요. 저도 크리스를 좋아하고, 오히려 매일 봤으면 싶을 정도거든요.」

　전예은이 크리스를 좋아한다는 것도 거짓말이 아니었다.

　전예은 역시 또래에 비할 데 없이 영리하고 재능 넘치는데다가 '그 사고를 읽을 수 없는' 크리스를 (다소 역설적이지만)편안하게 여겼다.

　더군다나 어차피 바른손레코드와 크리스는 남남이 될 관계, 크리스의 장래를 생각하면 (윤선희를 통해)재단을 관리하기도 하는 SJ컴퍼니와 가까워져 나쁠 일은 없을 것이다.

그렇게 전예은이 가려운 곳을 긁어 주자 백하윤은 못 이기는 척 전예은의 제안에 응했다.

「흠, 크리스만 좋다면 그러도록 할까요?」

크리스가 그 이야기를 반대할 이유는 없었다.

어차피 바른손레코드에 있어 봐야 녹음실에서 주구장창 바이올린 연습이나 해야 할 처지였으니, 크리스 입장에서도 바른손레코드보단 각종 오락거리가 즐비한 SJ컴퍼니를 더 선호하는 것이었다.

'게다가 거기엔 콘솔도 있단 말이야.'

얼마 전 그녀가 얹혀 살고 있는 백하윤 집에 PC를 들여놓기는 하였으나, 거기에 콘솔 게임기까지 들여놓은 건 아니었다.

'컴퓨터는 이런저런 핑계라도 댈 수 있지만, 게임기는 그렇지가 않거든.'

또한 너드들의 비중이 많은 SJ컴퍼니의 각 개발자들은 크리스가 전생에는 듣도 보도 못했던 각종 고전(?) 명작 게임을 엄선하여 추천하였고, 개중엔 꽤 취향이 맞는 것들도 있었던 크리스는 이번 생에 들어 맞이한 신세계를 만끽하며 보냈다.

그래서 크리스도 속으로는 '어쩔 수 없지' 하며 쿨한 척을 하고 있었지만, 본심은 SJ컴퍼니로 향하는 하루하루를 기다릴 지경이 되었다.

또한 바른손레코드와 SJ컴퍼니를 오가는 동선도 번거로울 일이 없는 것이, 최근 SJ컴퍼니 측은 얼마 전 제안한 온라인 음원 판매 건으로 매일같이 미팅을 해 왔으므로 미팅 직후 천희수 편으로 크리스를 SJ컴퍼니에 보내면 그만이었다.

그러니 SJ컴퍼니에서 크리스를 맡아 주는 건, 여러모로 제각각의 이해관계가 일치하는 일이었다.

'그럼 오늘은 며칠간 붙잡고 있던 게임의 엔딩을 보도록 할까.'

그날도 크리스는 대수롭지 않게 천희수를 기다렸다.

"죄송합니다, 대표님. 오늘은 조금 힘들 거 같습니다."

엥?

평소와 달리 정장에 머릿기름까지 바른 천희수가 말을 이었다.

"그게…… 사실 오늘은 미팅 후 회사에 복귀하지 않고 곧장 아름이를 픽업해서 방송국으로 가야 해서요."

천희수의 말에 백하윤은 잠시 생각하다가 고개를 끄덕였다.

"아, 장여옥 씨랑 아름 양 인터뷰가 있다고 했죠?"

"예. 죄송합니다."

아하, 그래서 평소와 달리 정장 차림이었던 거군.

이맘때 홍콩 영화가 한국 문화계에 끼친 영향력을 생각하면 천희수가 장여옥의 팬이라고 해도 이상할 건 없었다.

　천희수가 송구스러워하며 꺼낸 말에 백하윤이 쓴웃음을 지었다.

　"아뇨, 천희수 씨가 죄송할 일은 아니죠. 알겠습니다. 그러면 오늘은 저희가 크리스를……."

　그건 그렇고.

　두 사람의 이야기를 들으며 크리스는 떨떠름한 표정을 애써 감췄다.

　'하긴, 이쪽에서는 저쪽 사정을 우선하는 게 맞긴 하다만…….'

　사정은 이해하지만 그렇다고 바른손레코드 녹음실에서 바이올린 연습을 하며 하루를 보내고 싶지는 않았던 크리스는 문득 생각이 미쳤다.

　'흠, 차라리 거길 가 보는 건?'

　뭐가 되었건 폐관 수련을 하는 것보다 몇 배는 나을 것 같다.

　'좋아, 그렇게 하자.

　생각을 마친 크리스는 곧장 생각한 바를 실천에 옮겼다.

　"저, 희수 오빠."

　크리스가 눈을 반짝이며 천희수에게 말을 건넸다.

　"저도 따라 가면 안 돼요?"

"어, 어어?"

"실은 저, 장여옥 팬이거든요. 안 될까요?"

크리스의 말에 백하윤은 멀뚱멀뚱 크리스를 쳐다보았고, 천희수 또한 의외라는 듯 크리스를 보았다.

"어, 진짜?"

"네. 미국에 있을 때 비디오로 봤어요. 동네에 세탁소를 하는 중국인 부부도 있어서……."

전생에 본 거지만, 천희수는 그러려니 고개를 끄덕였다.

"흐음, 그랬군. 크리스마저도 장여옥의 팬이었다니……. 뭘 좀 아는데?"

크리스도 이번 생에 들어 느끼는 일이지만, 그녀가 바이올린을 연주할 때처럼 감정을 실어 간곡히 부탁을 하면 사람들은 십중팔구 그 바람을 들어주곤 했다.

'인생 참 쉽더구면.'

크리스는 그 힘이 아마 이 몸의 깜찍한 외모 덕분일 거라고 생각했다.

'덕분에 할렘가에서 지낼 때도 좀 편했고.'

물론 지금처럼 애교를 부려야 한다는 단점은 있었지만, 그것도 이제는 내성이 생긴 듯하다.

크리스가 눈을 반짝이며 천희수를 올려다보았다.

"데려가 주시면 얌전히 있을게요."

"뭐어, 크리스야 또래에 비해 어른스럽기는 한데……. 그래도 일하는 곳이어서."

자, 여기서.

크리스는 감정을 조금 더 강하게 실어 말을 이었다.

"희수 오빠도 저 알잖아요? 그리고 방송국에는 한 번도 안 가 봐서……. 지금부터라도 익숙해지면 좋을 거 같아요."

"……그렇게까지 말한다면야."

천희수는 얼추 넘어온 것 같고.

천희수가 백하윤을 힐끗 보았다.

"대표님, 크리스도 이렇게까지 부탁하는데 데려가도 되겠습니까?"

"으음."

백하윤은 곤혹스러워하며 생각에 잠겼다.

자신의 입장 때문에 크리스를 조금 엄하게 대하고는 있었지만, 그녀도 실은 크리스의 응석에 무척 약했을 뿐만 아니라 크리스에 대한 부채의식도 있었다.

결국 백하윤은 못 이기는 척 두 손을 들었다.

"좋아요. 이런 일은 흔치 않은 경험이니까, 그렇게 하죠. 대신 미팅이 끝날 때까진 바이올린 연습을 해 둘 것과 가서 얌전히 있을 것이 조건입니다. 알겠죠?"

"네!"

쉽다, 쉬워.

'여기에 밑천만 좀 두둑하게 있으면 이번 생을 날로 먹을

수 있겠는걸.'

이게 바로 그 소위 말하는 '치트' 같은 것이 아닐까.

'뭐…… 간혹 한성진(이성진) 그놈처럼 안 통하는 사람도 있긴 하지만.'

한편으로는 이성진(한성진)에게 아양을 떨지 않아도 되어서 다행이란 생각도 들었다.

'놈이 이 몸에 헬렐레 거릴 걸 생각만 해도 욕기지가 나올 것 같거든.'

그렇게 크리스는 미팅이 끝나자마자 천희수의 차에 올라탔다.

"아, 그러고 보니 크리스는 윤아름이랑은 초면이겠네. 혹시 윤아름, 알아?"

천희수의 말에 크리스가 고개를 끄덕였다.

"네."

그럭저럭 알지. 전생에 잘나갔거든.

하지만 그렇게 대답할 수 있을 리 없으니, 크리스는 이번 생의 윤아름에 대해서만 이야기했다.

"TV에서 봤어요. 초콜릿 광고에 나온 그 언니죠?"

"응."

생각해 보니 윤아름이 SJ엔터테인먼트에 소속되어 있다는 이야기는 들었지만, 실제로 만나 본 적은 아직 없었다.

'전생에도 별 인연은 없었고…….'

윤아름은 한때 꽤 잘나가는 아역 배우였으나, 슬럼프인지 한동안 이렇다 할 모습을 비추질 않았다.

'성인이 되어서도 단역을 전전하다가 다소 뒤늦게 어느 드라마로 빵 터져 재기에 성공했지. 이후로 그 실력을 주목받아 굵직한 배역을 맡기 시작했던가.'

전생 이맘때의 윤아름은 한물간 아역 배우 취급을 받으며 별로 주목을 받지 못했고, 전생의 크리스도 단역을 전전하던 윤아름은 별로 주목하지 않았다.

'그땐 널리고 널린 아역 배우들처럼 그렇게 스러지고 말 줄 알았던 거지, 뭐.'

그런 윤아름이었지만, 이번 생에는 그 가능성을 눈여겨 본 이성진이 일찌감치 그녀를 기용하여, 전생과 전혀 다른 커리어를 구가하는 중이었다.

'본 적은 없지만 지금 나오는 드라마 히로인의 과거 아역도 호평인 모양이고.'

절찬리 방송 중인 드라마의 호평과 함께, 윤아름은 현재 국내에서 그 또래 중에는 비길 데가 없다는 이야기마저 들려오며 가장 장래가 기대되는 유망주로 우뚝 섰다.

'전생과 달리 앞으로 승승장구할 일만 남았을 테니…… 지금부터 친해져서 나쁠 건 없으려나.'

만일 꼬맹이의 응석을 받아 줘야 한다면 그 생각도 재고해 보겠지만.

천희수가 말을 이었다.

"마침 아름이도 너 만나고 싶어 했는데 잘됐다 싶어. 사실 오빠가 걔한테 네 이야기 꽤 많이 했거든."

"그랬군요."

떠드는 사이 천희수가 운전하는 차는 꽤나 고급스러운 아파트 단지 앞에 멈춰 섰다.

"그 언니, 여기 살아요?"

아무리 잘나간들 헐리우드도 아니고, 한국에서 아역 배우가 벌어들이는 페이가 거기서 거기이니, 크리스는 원래 잘사는 집안 애인가 생각하며 아파트를 보았다.

"응. 뭐, 원래 사는 집은 아니고, 요즘은 김승연 씨랑 같이 살고 있거든."

김승연이라고 하면 이맘때 가장 몸값이 높은 여배우 중 한 사람이다.

'그러고 보니까 김승연도 SJ엔터테인먼트였지. 저번에 들었어.'

그런데 그 둘이 같이 산다고?

'그야 같은 드라마에 출연 중이니 어느 정도 친하긴 하겠지만……'

전생엔 두 사람이 별다른 접점이 없더란 걸 생각하면, 이번 생에는 동거하는 사이까지 발전한 것이 못내 신기했다.

'의외군. 김승연은 나도 들어서 조금 알고 있지만, 꽤나 괴

팍하다고 하던데.'

자신이 알기로 전생의 윤아름도 결코 '좋은 사람'이라는 소리를 듣는 성격은 아니었으니, 팍팍한 환경에서 자라면서 성격이 그렇게 된 걸까, 하고 크리스는 생각했다.

"조금만 기다리면 올 거야."

단지에 들어서면서부터 핸드폰으로 윤아름을 불러내서인지, 천희수의 말이 끝나고 얼마 지나지 않아 선글라스를 낀 여자애가 종종걸음으로 다가와 뒷좌석 문을 곧장 열었다.

"안녕하세요, 희수 오빠……. 응?"

크리스를 발견한 윤아름이 선글라스를 아래로 슬쩍 내렸다.

"희수 오빠, 얘는 누구예요?"

"아, 걔는 말이야……."

천희수가 대답하기 전, 크리스는 빙긋 웃으며 먼저 손을 내밀었다.

"안녕하세요, 언니. 크리스티나 밀러입니다. 크리스라고 불러 주세요."

처음 한국에 왔을 당시만 하더라도 사방을 경계하느라 퉁명스런 반응으로 일관하던 크리스였지만, 이제 이번 생에서 한동안 무엇을 해야 할지 마음먹고 난 뒤부터 그녀는 싹싹하고 귀여운 여자아이를 연기하기 시작했던 터였다.

"아, 너구나? 미국에서 왔다던 바이올린 신동."

"네."

그렇다고는 해도 굳이 겸손할 필요까지는 없다고 생각했
다.

"그래……. 미국에서 왔다더니 한국말 잘하네?"

"엄마가 한국인이어서요."

"흐응."

윤아름은 크리스와 악수를 나눈 뒤 뒷좌석 시트에 등을 기
댔다.

"그런데 희수 오빠, 얘가 왜 여기 있어요?"

"백하운 대표님이 그랬으면 하셔서."

"대표님께서요?"

"대표님 말씀은 크리스가 다양한 경험을 쌓게 하는 게 중요
하다고 말씀하시더라. 그리고 크리스도 장여옥 씨 팬이래."

천희수의 말에 윤아름은 잠시 생각하더니 어깨를 으쓱이
며 들으란 듯 혼잣말을 중얼거렸다.

"대표님도 너무 응석을 받아 주시는 거 아닌가……."

윤아름이 선글라스를 이마 위로 올려 쓰며 크리스를 보았
다.

"아무튼 가면 사람들 방해하지 말고 얌전히 있어. 알았
지?"

"네."

일단 대답은 했지만, 크리스는 내심 윤아름이 자신의 존재

를 별로 반기지 않는 것 같다고 생각했다.

'흠, 어지간해서는 다들 내게 호감이 있는 편인데, 이런 반응은 이번 생 들어서 처음이군. 혹시 나를 경계하고 있나?'

자신을 경계하더라도 배우인 윤아름과 자신은 딱히 겹치는 분야가 없을 텐데.

뭐, 그야 윤아름과 친하게 지내면 좋기는 하겠지만 설령 그렇게 되지 않더라도 상관없다는 입장인 크리스는 그러려니 생각하기로 했다.

그 뒤 윤아름은 오늘 장여옥과 인터뷰할 내용을 미리 숙지하려는 듯 주섬주섬 자료를 꺼내 들여다보았다.

"그런데 승연 씨는?"

천희수의 물음에 윤아름은 떨떠름한 얼굴로 대꾸했다.

"자요."

"해가 중천인데?"

"그러게 말이에요. 나 참, 그 언니는 촬영이 없는 날에는 그렇다니까. 그러면서 무슨 카리스마니 뭐니……."

"하하하, 어제 촬영이 늦게 끝났잖아? 그러니까 그렇겠지."

"흥, 오빠도 승연 언니의 실체를 알고 나면 그런 말 못 할 거예요."

천희수 덕에 긴장이 풀린 걸까, 딱딱한 얼굴을 하고 있던 윤아름은 조금 풀어진 얼굴로 고개를 돌려 크리스를 보았다.

"크리스라고 했지?"

"아, 네."

"혹시 성진이랑 만나 봤어?"

여기서 이성진과 면식이 있는가 하는 건 왜 물어보는 걸까.

"네."

"그래? 어땠어?"

윤아름은 관심 없는 척하며 질문을 이어 갔고, 크리스는 일부러 무난한 대답을 골랐다.

"잘 모르겠는데요."

만일 그녀가 고용주인 이성진을 별로 좋아 하지 않는다거나, 반대로 그를 좋아하더라도 무방한 그런 답변이었다.

"응? 왜? 만나 봤다면서?"

그러자 윤아름은 의외라는 듯 다시 물었고, 크리스는 윤아름을 살짝 경계하면서 다시 대답했다.

"그 오빠가 바빠서 별로 대화도 못 나눠 봤거든요."

사실 크리스는 이성진과 단둘이서 '꽤나' 진솔한 이야기까지 주고받은 관계였지만, 제3자가 그걸 알 필요는 없다.

"흐응."

윤아름은 습관인지 다시 예의 '흐응' 하고 코웃음인지 한숨인지 모를 콧소리를 냈다.

"왜 그러세요?"

"아니, 뭐. 네가 바이올린 신동이라고 해서."

이어서 윤아름은 대단한 비밀이라도 말하는 것처럼 크리스에게 말했다.

"성진이 걔도 바이올린 잘하거든."

"그 오빠가 그렇다는 이야기는 저도 들었어요."

"이야기만? 걔 연주를 들어 본 적은 없고?"

"없어요."

"흐응. 실은 걔도 바이올린 엄청 잘 켜거든."

윤아름은 왜 그런지는 모르겠지만 의기양양하게 말을 이었다.

"성진이 걔랑은 콩쿠르 회장에서 만났는데 말이야, 그때 성진이의 연주가 대단했지."

아무래도 상관없는 이야기라고 생각했다.

"그때 걔가 연주한 게 파가니니의 카프리스였어. 알아? 심지어 2년 전 일이야."

아무래도 상관없는 이야기로 치부하려고 했지만, 이성진이 파가니니의 카프리스를 선보였다는 이야기에는 귀가 솔깃했다.

'파가니니의 카프리스면, 흉내만 내서는 할 수 없는 곡일 텐데?'

그러고 보니 언젠가—백하윤과 단둘이 미국에 있을 때였다—백하윤이 크리스에게 파가니니를 한번 연주해 보라고 지시했던 기억이 났다.

물론 크리스는 별다른 무리 없이 카프리스를 연주해 냈고, 백하윤은 그 속내를 알 수 없는 표정으로 고개를 끄덕이기만 했다.

'당시에는 어린애한테 꽤 난감한 요구를 던진다고 생각했지만…… 이미 선례가 있었던 건가.'

이전까진 크리스도 '이성진이 바이올린을 잘 켠다'는 걸 그렇게 깊이 생각한 적은 없었지만, 그가 파가니니를 연주했다면 조금 이야기가 달라진다.

'한때는 그게 내 전생의 바이올린 실력과 연관이 있는 걸지도 모른다고 생각했지만…….'

전생의 자신도 파가니니의 곡을 연주할 실력은 아니었다.

'그건 하루 이틀 연습한다고 될 일이 아니니, 놈도 나처럼 바이올린 재능을 받은 것이겠지. 그러니 어쩌면 놈과 내가 이번 생에 환생을 하게 된 것 사이에는 이 바이올린 재능이라는 공통분모가 있을지도 모르겠군.'

그리고 어쩌면, 한성진(이성진)은 전생의 말미에 있었던 일에 관해 무언가 말하지 않고 숨기는 일이 있을지도 모른다.

'놈은 그때 내게 내 죽음에 관해 잘 모른다는 식으로 말했지만, 실은 꽤 자세히 알고 있을지도 모르지…….'

크리스가 생각에 잠긴 모습에 윤아름은 의기양양한 얼굴로 슬쩍 어깨를 붙였다.

"왜, 놀랐니?"

"네? 아, 네."

크리스가 빙긋 웃으며 대답했다.

"파가니니의 카프리스를 콩쿠르 회장에서 연주했다니, 그 오빠도 바이올린을 잘 켜시나 보네요."

"그 정도가 아니야. 지금 생각하면 그땐 주최 측의 농간으로 장려상에 그쳤지만, 공정한 심사를 받았다면 성진이가 대상을 탔을걸?"

아, 예. 그러십니까.

크리스는 이성진이 이번 생 들어 꽤 나댔구나, 하고 속으로 생각했다.

"뭐, 따지고 보면 그 덕에 나도 성진이랑 만나서 걔네 소속사에 들어갈 수 있었던 거지만."

"무슨 의미예요?"

"그러니까 말이야."

윤아름은 그때 심사위원들의 결정에 기분이 상한 백하윤이 회장을 떠났고, 어쩌다 보니 자신도 그들 사이에 끼여 점심까지 함께하게 되었다는 이야기를 자랑스럽게 전했다.

'아하.'

이쯤 되니 크리스는 윤아름이 왜 아까 전 자신을 경계하듯 보았는지, 그리고 이성진에 대한 이야기를 자랑하듯 떠들어 대는지를 알았다.

'이번 생의 윤아름은 이성진 그놈한테 홀딱 빠졌구먼.'

꼬맹이가 잔망스럽기는.

'하긴, 내(?) 얼굴 정도면 누구라도 반할 만하지.'

아마 윤아름은 처음 크리스를 보았을 때, 본능적으로 자신을 어떤 '경쟁 상대'로 본 것이리라.

심지어 이성진과 공통분모라고 할 수 있는 '바이올린 재능' 까지 두루 갖춘 '천재 미소녀'가 그 상대라면 더더욱.

게다가 저래 보여도 속에 든 건 40대 아저씨다.

그건 어떤 의미에서 보면 '어른스러운 면모'로 비치기 딱 좋을 뿐만 아니라, 저 나잇대 소녀들은 제멋대로 어른스러움에 대한 동경을 품기 일쑤다.

더욱이 이번 생의 '이성진'은 단순히 어른스럽기만 할 뿐이 아니라 손대는 것마다 척척 성공하는 미다스의 손을 가지고 있기까지 하니, 윤아름이 이성진보다 한 살 연상이라 하더라도 그에게 동경을 품는 건 어색하지 않다.

'그건 이성진의 배경을 제하더라도 남들에게는 대단하게 보일 터이니.'

하지만 동경은 이해와 가장 먼 감정이라고들 하지 않던가.

한성진(이성진)을 몇십 년간 알고 지낸 크리스는 윤아름이 한성진의 취향과 동떨어진 존재일 뿐만 아니라, 놈의 성격을 생각하면 아마도 평생 가망이 없을 짝사랑으로 끝나겠거니 생각했다.

'그렇긴 하지만, 내게 틱틱거리던 이유를 알고 나니 조금 귀엽게 보이기는 하는군.'

한참 이성진에 대해 이렇다 저렇다 떠들어 대던 윤아름은 크리스의 묘한 시선을 눈치채곤 고개를 돌려 인터뷰 자료에 집중하는 척을 했다.

"아무튼, 그러니까 너도 너무 자만하지 말고 자기가 할 수 있는 일에 최선을 다하도록 해. 알겠지?"

저렇게 언니 행세하며 아닌 척 챙겨 주려는 윤아름의 모습을 보니, 크리스는 윤아름이 전생에 들던 그녀의 면모와 다른 듯하다고 생각했다.

"네, 언니."

"……그런데 말이야. 너 아까 장여옥 씨 팬이라고 들었는데, 혹시 물어봐 줬으면 하는 거 있어? 내키면 한번 물어보려고."

그 와중에도 자신을 신경 써 주는 건 기특하고 고맙지만, 딱히 궁금한 건…….

'뭐, 있긴 하지만, 윤아름의 입을 통해 들을 수는 없는 이야기야.'

장여옥에게 개인적으로 물어보고 싶은 건 많다.

'이를테면 그녀가 삼합회와 관계가 있다는 소문의 진위 여부라거나.'

혹은 전생에 없었던 이번 '방한'의 목적과 경위에 대해서라거나.

'하지만 그런 걸 물어볼 수야 없지.'

그래서 대수롭지 않게 '아뇨, 괜찮아요' 하고 답하려던 크리스는 문득 생각했다.

'잠깐. 혹시 어쩌면, 이 상황을 이용해 볼 수도 있지 않을까?'

덮어 두고 이성진을 믿을 수도 없는 상황에, 전생의 그조차 모르는 어떤 뒷배를 만들어 둔다면 장래 도움이 될지도 모른다.

'생각은 하고 있지만, 사실 한성진(이성진)이 나에 대해 모르는 일은 없는 거나 다름없었거든.'

이성진은 모르는 눈치지만, 전생의 그녀는 중요한 일 곳곳에 한성진을 신임하고 기용하였다.

그러니 이번 생의 이성진 모르게 뒷배를 만들고자 하여도 그게 여의찮던 상황이었으나, 그런 자신도 전생에 장여옥이며 삼합회와 별다른 접점이 없었다는 걸 떠올린 것이다.

'문제는 내 현재 상황이지.'

설령 장여옥과 접촉을 하더라도 그녀가 순순히 '소문뿐인' 삼합회와의 관계를 인정할 리도 없을 뿐만 아니라, 지금 크리스에게는 협상에 낼 카드조차 전무했다.

'내가 실은 어떻다는 걸 감추면서도, 그쪽과 연결 고리를 만들어 낼 만한 마중물까지 챙겨야 할 테니⋯⋯.'

꽤나 복잡하게 됐군.

그러면서도 크리스는 머릿속으로 시나리오를 떠올렸다.

'그래도 우선 떡밥 몇 가지만 던져 주고, 그걸로 차차 신용을 쌓아 올린다면…….'

생각을 마친 크리스는 일부러 몸을 배배 꼬며 쑥스러운 듯입을 열었다.

"저기, 언니."

"응?"

"그러면 나중에 장여옥 씨랑 따로 이야기를 해 보고 싶은데, 그렇게 해 주실 수 있나요?"

자신을 올려다보는 크리스의 간절한 부탁에 윤아름은 표정 관리에 실패할 뻔한 걸 배우고 익힌 연기자로서 경험으로 극복해 냈다.

"그거야……."

의기양양하게 대답을 이어 가려던 윤아름이 멈칫했다.

사실, 윤아름도 장여옥은 이번이 초면이다.

더군다나 장여옥의 커리어를 생각하면, 아직 그 발끝에도 미치지 못할 윤아름은 장여옥이 자신을 인터뷰어로 선택한 이유도 잘 모른다.

'희수 오빠 말로는 장여옥 씨가 내 영화를 좋게 봐주셔서라고 했지만…….'

그야 자신이 주연으로 맡은 〈우리들 이야기〉는 평단의 호평을 이끌어 낸 명작 취급을 받고는 있으나, 장여옥 정도 되는 스타가 자신의 영화를 좋게 봐주었다는 건 윤아름조차 꿈인지 현실인지 분간이 가질 않는 것이었다.

'게다가 이번에는 통역을 끼고 인터뷰를 진행하는 건데도⋯⋯.'

윤아름이 대답을 하려다 망설이는 기색을 보이자, 크리스가 슬쩍 찔렀다.

"장여옥 씨는 홍콩 출신이죠? 그러면 장여옥 씨랑 영어로 직접 대화할 수 있을 거라고 생각해서요."

"아⋯⋯. 음, 그러게. 맞아, 너 미국인이었지?"

"네, 그래서 영어는 잘해요."

크리스의 대답에 윤아름은 픽 웃고 말았다.

"알았어. 그러면 적당히 현장 돌아가는 거 보고 자리를 만들어 달라고 부탁해 볼게."

"감사합니다!"

크리스는 손을 모으며 방긋방긋 웃어 보였다.

장여옥이 한국에 와 있다는 건—장여옥 측의 요구도 있고 해서—아직 기밀에 붙여야 하는 사항이었으나, 그럼에도 어디서 말이 새어 나갔는지 방송국은 장여옥의 실물이라도 보려는 관계자들로 꽤 북새통이었다.

'그나마 이런 시대여서 이 정도일 거야. SNS가 발달한 시대였다면 이보다 더 했겠지.'

윤아름과 천희수에 섞여 방송국에 들어온 크리스는 방송국 관계자로부터 윤아름 전용 대기실을 배정받고 그곳을 향했다.

"일단은 얌전히 있어. 알았지?"

윤아름의 당부에 크리스는 빙긋 미소를 지었다.

"네, 언니."

크리스가 대답 직후 말을 이었다.

"그런데 언니, 저 화장실 좀 다녀와도 될까요?"

"화장실? 그러면 같이 갈까?"

"아뇨, 괜찮아요. 혼자 다녀올 수 있어요."

그러면서 크리스는 일부러 힐끗, 대기 중인 코디네이터를 보았다.

"게다가 언니는 방송 준비해야 하니까 바쁘잖아요."

"뭐, 그렇기는 한데……."

천희수가 끼어들었다.

"아름이 너도 급하면 얼른 다녀오고."

"……희수 오빠는 숙녀에 대한 배려가 없네요."

천희수에게 한마디 쏘아붙인 윤아름은 그 뒤 어쩔 수 없다는 듯 한숨을 내쉬었다.

"알았어. 그러면 다녀와. 화장실은 대기실을 나가서 복도로 가면 나올 거야."

"네, 다녀올게요."

"응."

크리스는 종종걸음으로 대기실을 나섰다.

'쉽군.'

실제로 소변이 조금 마려운 것도 있었지만, 크리스는 이참에 장여옥을 따로 찾아볼 생각이었다.

'장여옥이 있는 대기실로 들어가서 잘못 찾아왔다고 착각했다는 식으로 퉁치고 넘어가면 그만이지.'

이럴 땐 아직 어린아이라는 자신의 입장이 도움이 된다.

'그보다 화장실부터……'

윤아름이 말한 대로 복도를 쭉 걸어간 크리스는 저 멀리 화장실 팻말을 발견하고서는 발걸음을 조금 빨리했다.

화장실 앞에 도착하자, 장발에 눈매가 날카로운 사내가 입구를 가로막듯 서 있었다.

'응? 뭐 하는 놈이지?'

……왠지 위험한 냄새가 나는 놈인데.

그냥 다른 화장실을 찾을까, 생각하는 찰나 그는 크리스를 힐끗 보고는 군말 없이 비켜섰고, 크리스는 하는 수 없이 아무렇지 않은 척 화장실로 들어갔다.

'이대로 돌아가는 것도 애매했고. 뭐, 적의는 느껴지지 않았으니까.'

아무래도 이 앳된 소녀 신체 덕을 본 것이 아닐까.

용무를 마치고 손을 씻고 있으려니 안쪽 칸막이가 열리며 어느 여자가 밖으로 나왔다.

'장여옥?'

검정 선글라스로 얼굴을 가리고는 있었으나, 그녀가 장여옥 본인임을 못 알아 볼 크리스가 아니었다.

'화면에서 보던 것보다 작고 호리호리하군.'

하지만 여기서 장여옥을 만나게 될 줄 몰랐던 크리스는 어떻게 하면 좋을지, 비누 거품을 낸 손을 꼼꼼히 씻으며 곁눈질로 장여옥을 힐끗거렸다.

'계획이 조금 꼬이는데. 일단은 모른 척하고 있어야 하나?'

그러던 크리스는 장여옥과 눈이—선글라스 너머이긴 하지만—마주쳤고, 장여옥은 그런 크리스를 향해 빙긋, 입가에 미소를 지어 주었다.

크리스도 일단은 장여옥을 따라 웃어 보였다.

'흠, 어쩔 수 없지. 일단은 작전상 후퇴.'

꼼꼼하게 손을 씻은 뒤, 크리스는 물기 묻은 손을 탈탈 털어 내고 원피스 자락에 손을 문질러 닦았다.

'기회는 또 올 테니까.'

그러자 장여옥이 허둥지둥 손수건을 꺼내 크리스에게 내밀었다.

호오.

크리스는 속에서 새어 나오는 웃음을 미소로 고쳐 입을 열었다.

"Thanks, madam. (고맙습니다, 부인.)"

크리스의 입에서 영어가 흘러나오자 장여옥은 고개를 갸웃하더니 영어로 물었다.

"영어를 하는구나?"

"네, 사실 저 미국인이거든요."

크리스의 대꾸에 장여옥은 선글라스를 벗어 옷깃 사이에 끼우며 크리스의 얼굴을 물끄러미 보았다.

"그러네, 자세히 보니 눈이 파랗구나."

"네, 지금은요."

"지금은?"

크리스가 고개를 끄덕였다.

"네. 개중에는 자라면서 홍채 색깔이 변하기도 하는 모양이라고 들었거든요."

"……똑똑하네. 몇 살이니?"

"한국에서는 여덟 살이에요. 한국은 태어나자마자 한 살로 치거든요."

"그러면 지금은 일곱 살?"

"아뇨, 아직 생일이 안 지나서 여섯 살입니다. 크리스마스에 일곱 살이 돼요."

크리스가 손수건을 장여옥에게 돌려주었다.

"고맙습니다."

"아니야, 뭘. 도움이 되었다니 기뻐."

"아, 소개가 늦었네요. 저는 크리스티나 밀러입니다. 크리스라고 불러 주세요."

"그래, 크리스. 나는……."

장여옥은 잠시 망설이다가 말을 이었다.

"장여옥이라고 해."

장여옥의 소개에 크리스는 고개를 갸웃했다가 아, 하고 입을 뗐다.

"혹시 오늘 방송에 출연하신다는 그분이세요?"

"그래."

"반갑습니다. 말씀 많이 들었어요. 영화배우라면서요?"

장여옥이 쓴웃음을 지었다.

"응. 말하는 걸 보니 나를 알면서도 얼굴은 모르나 보네."

"네……. 죄송해요. 장여옥 씨가 출연한 영화는 나중에라도 꼭 찾아볼게요."

"아니야. 아직 너만 한 애들이 보기에는 잔인한 영화도 있고."

일부러 장여옥을 모르는 척 연기를 하고 있었지만, 장여옥은 오히려 크리스가 자신을 알아보지 못한 것을 더 좋아하는 눈치였다.

"그런데 너도 배우니?"

"아뇨, 오늘은 아는 언니를 따라 방송국에 왔어요. 장 선생님의 인터뷰어인 윤아름이에요."

"아하, 그렇구나."

"그리고 배우는 아니지만 저도 예술 계통 종사자예요."

"예술?"

"바이올리니스트거든요."

"바이올리니스트? 이렇게 어린데?"

"네. 아직 데뷔는 하지 않았지만요. 대기실에 바이올린이 있으니 바라신다면 들려 드릴 수도 있어요."

대화가 길어진 탓일까, 그때 복도 쪽에서 무어라 묻는 중국어가 크게 들려왔다.

'응? 광둥어가 아닌 거 같은데?'

장여옥도 인상을 찌푸리며 복도에 대고 무어라 외쳤다.

크리스의 귀에 그건 중국어이긴 하나 크리스는 알아듣지 못하는 방언인 듯했다.

전생의 2010년도 무렵, 글로벌 무대에 뛰어든 중국은 당시 미국의 아성조차 넘볼 수 있을지 모른다는 이야기도 들리던 시절이 있었다.

삼광전자 역시도 중국 시장을 좌시하지 않았고, 크리스도 당시엔 삼광전자 이사 직함을 달고서 중국 측과 파트너십 협약을 맺는 자리에 간 적이 있었다.

그 과정에 크리스는 비록 유창하지는 않지만 어느 정도 중국어 기초 회화 정도는 숙지했는데도, 지금 저들의 대화 내용을 파악하기가 힘들었다.

'괜히 대륙이라 불리던 게 아니지. 중국인들도 지역 차이가 크면 대화가 안 통한다고들 하니까.'

어쨌거나 여기서 크리스가 파악한 정보는 두 가지.

하나는 화장실 밖에 서 있던 장발 사내는 장여옥의 지인— 어쩌면 보디가드?—이라는 점이고, 두 번째는 장여옥은 세간에 알려진 프로필과 달리 홍콩 토박이가 아닌 듯하단 점이었다.

'게다가 저 남자는 그런 걸 알고 있는 눈치고…….. 흐음, 뭔가 있긴 한 모양인걸.'

크리스가 속으로 생각하고 있으니, 장여옥이 미안하다는 듯 크리스에게 미소를 보였다.

"미안. 방금 매니저가 무슨 일 있는지를 물어봐서."

매니저가 아닐 텐데, 하고 생각하며 크리스는 송구스럽다는 듯한 얼굴로 그 말을 받았다.

"아뇨, 오히려 제가 더 죄송해요. 대화하는 게 너무 즐거워서 시간 가는 줄 몰랐어요."

"후후, 나도 마찬가지야."

크리스와 장여옥은 두런두런 대화를 주고받으며 화장실을 나섰고, 복도에 기대 있던 남자가 크리스를 힐끗 쳐다본 뒤 장여옥에게 예의 방언으로 무어라 말했다.

장여옥은 무표정하게 중국 지방 방언으로 그 말을 짧게 받아친 뒤, 다시 선글라스를 쓰며 크리스에게 말했다.

"크리스, 만나서 반가웠어."

"저도요. 실례만 아니면 바이올린 연주를 들려드리고 싶었지만요."

"그건 나도 조금 아쉽네. 언젠가 해외 공연을 하게 되면 초청장이라도 보내 주렴."

"네, 그럴게요."

스몰토크로 호감도 샀고, 원래는 이대로 윤아름 대기실에 데려가 친분을 쌓아 올릴 생각이었지만.

'흠. 관리가 엄격한 건가, 생각대로 되질 않네.'

그렇게 생각하며 대기실로 돌아가려는 크리스를 장여옥의 목소리가 붙잡았다.

"잠깐만."

장여옥이 또각또각 하이힐을 소리를 울리며 크리스를 따라 잡았다.

"나도 가도 될까?"

크리스가 방긋 웃었다.

"그럼요."

그러자 장발 사내가 장여옥을 따라 오며 무어라 말했지만 장여옥이 고개를 돌려 한마디 쏘아붙이자 그는 인상을 구기며 중얼거릴 뿐, 장여옥을 더 이상 제지하지 않았다.

장여옥이 크리스에게 영어로 말했다.

"나도 인터뷰어인 윤아름이랑 인사라도 해야겠다고 생각

했거든.”

“좋은 생각이에요.”

“그런데 불쑥 찾아가도 괜찮을까?”

“마담은 제 친구잖아요?”

크리스의 말에 장여옥이 웃었다.

“그래, 그러면 크리스 친구인 걸로 하자.”

그렇게 윤아름 대기실로 향했더니, 앞에서 벌컥 문이 열리며 천희수가 나왔다.

“응? 안 그래도 너무 오래 걸려서 찾으러 갈까 했는데.”

“대화를 하다 보니 조금 길어졌어요.”

“똥 싸느라 늦은 건 아니고?”

“…….”

“농담이야. 그런데…….”

킬킬거리며 크리스를 놀려 댄 천희수는 그녀 뒤를 따라온 묘령의 여성을 발견하고는 자연스럽게 입을 벙긋했다가 움찔하더니, 크리스에게 고개를 홱 돌렸다.

“크리스, 저분은 설마…….”

“네, 소개할게요. 장여옥 씨입니다. Madam, this is Mr. 천희수, the manager of Ms. 윤아름. (마담, 이쪽은 윤아름 씨의 매니저인 천희수 씨입니다.)”

장여옥이 천희수에게 고개를 살짝 숙였다.

“안녕하세요. 장여옥입뉘다.”

장여옥의 떠듬떠듬한 한국어에 천희수는 머리를 긁적이며 어색하게 웃었다.

"아, 하하, 만나 뵙게 되어 영광입니다. 아니, 영어로 하면, 그러니까……."

"걱정 마세요. 의미는 제대로 전달되었을 거예요."

그런 것까지 통역해 주기에는 귀찮았던 크리스는 빙긋 웃으며 말을 이었다.

"복도에서 이러기는 좀 그런데 들어가서 계속해도 될까요?"

"아, 물론이지. 이쪽으로 오시죠."

그렇게 윤아름과 장여옥(그리고 덤으로 딸려 온 보디가드까지)은 윤아름이 있는 대기실로 입성하였다.

"아름아, 크리스 왔어."

천희수의 말에 화장을 받던 윤아름이 한쪽 눈을 뜨며 거울을 통해 보았다.

"정말, 나는 무슨 일이라도 생긴 줄……. 아!"

동행한 상대가 단박에 장여옥임을 알아본 윤아름이 자리에서 벌떡 일어섰다.

"자, 자, 장여옥?"

"씨, 나 님을 붙여야지."

"장여옥 님? 아니, 오빠도 참, 그게 중요한 게 아니잖아요."

윤아름은 허둥지둥하며 장여옥 앞으로 와 고개를 꾸벅 숙였다.

"헤, Hello, Nice to meet you. I'am 윤아름. 어, 그러니까⋯⋯."

"안뇽하세요. 장여옥입뉘다."

"아, 넵! 어, 그게, Yes! 아, 이게 아닌가⋯⋯."

장여옥이 이렇게 불쑥 대기실로 찾아올 줄 몰랐던 윤아름은 대본에 없던 상황에 당황하고 있었다.

"걱정 마세요, 언니. 제가 통역할 거니까요."

크리스의 말에 윤아름은 다소 진정했다.

"그, 그래? 고마워. 그러면 만나 뵙게 되어서 반갑다고 전해 줄래?"

"그 정도 의미는 전달된 거 같은데요."

"어, 음, 그런가?"

그런 윤아름을 보며 장여옥이 풋, 웃으며 말했고, 크리스가 전달했다.

"재밌는 애네. 그렇게 당황할 필요 없어, 하고 말했어요."

"아하하⋯⋯. 그냥 놀라서 그런 것뿐인걸. 설마 여기서 장여옥 씨를 뵙게 될 줄은 몰라서. 정말, 깜짝 놀랐잖아."

"She said⋯⋯."

"아, 그건 통역 안 해도 돼!"

이런 분위기가 촬영까지 이어진다면 꽤나 화기애애한 방송 촬영이 될 것 같다고 크리스는 생각했다.

'뭐, 이 분위기에 어울리지 못하고 떨떠름하게 선 저 중국인 남자만 제외한다면 말이지만.'

그렇게 시작된 대기실에서의 사전 미팅은 크리스의 중개와 통역 덕분에 화기애애하게 흘러갔다.

특히 장여옥이 윤아름이 출연한 작품을 눈여겨보았다는 건 빈말이 아니었다는 걸 알게 된 이후, 윤아름은 입꼬리가 실룩거리는 걸 참기 힘들어하는 모습이 역력했다.

'보지는 않았지만 영화가 꽤 잘 나온 건 사실인가 보네. 하긴, 그 방준호 감독이 제작한 영화니까 어느 정도 이상의 퀄리티는 보장된 셈이지.'

그러다 보니 방준호 감독의 이야기까지 흘러 나왔고, 장여옥은 '기회가 된다면' 방준호 감독과도 만나 보고 싶다는 식의 제안도 건넸다.

한편 장여옥의 보디가드 겸 '매니저'인 중국인 남자는 대기실 구석에 시종일관 떨떠름한 얼굴로 앉아 있으면서 연신 손목시계를 힐끔거렸는데, 그러면서도 장여옥을 재촉하는 일은 없는 것이 주도권은 장여옥에게 있는 모양이었다.

그럼에도 장여옥 역시 그런 중국인 남자를 의식하지 않을 수는 없었는지 이따금 그를 힐끗 쳐다보고는 했다.

하지만 이 자리를 끝내길 먼저 재촉하기 시작한 건 천희수였다.

"저기, 아름아."

천희수는 손목시계를 가리키며 윤아름에게 속삭였다.

"이제 슬슬 무대 화장을 해야 하지 않겠어?"

"아, 그랬죠."

윤아름은 조금 떨떠름해하는 얼굴로 크리스를 보았다.

"크리스, 장여옥 씨에게 '정말 죄송하지만 이제 방송 준비를 해야 할 것 같다'고 전해 줄래?"

"네, 그럴게요."

뒤이은 크리스의 통역을 전해들은 장여옥은 그제야 눈치챈 척, 미안해했다.

"그래, 그러면 아쉽지만 나중에 또 이야기하도록 하자."

나중에 또, 라는 말은 '방송이 끝난 이후'를 의미하는 것이리라.

그렇게 자리가 파하는 분위기가 되자 중국인 남자는 기다렸다는 듯 일어서 장여옥에게 무어라 말했고, 장여옥도 마지못해 일어섰다.

"그런데 크리스."

장여옥이 크리스에게 말을 건넸다.

"아까 바이올린 연주를 들려준다고 들은 것 같은데, 그 약속은 아직도 유효하니?"

그러면서 힐끗, 크리스가 가져온 바이올린 케이스를 쳐다보는 것이 그녀도 그걸 눈여겨본 모양이었다.

"물론이죠, 마담."

"그러면 내가 내 대기실에서 분장하는 동안 들려줄 수 있겠니?"

"음…… 한번 물어볼게요."

크리스가 천희수를 보았다.

"희수 오빠, 저 장여옥 씨 대기실에 놀러가도 돼요?"

"어, 으음."

천희수가 망설였다.

"그래도 그러면 민폐가 아닐지 몰라서……."

"부탁드려요. 실은 아까 장여옥 씨에게 제 바이올린 연주를 들려드리기로 약속했거든요."

그러잖아도 방금 장여옥이 크리스에게 먼저 'Violin(바이올린)' 어쩌고 하는 단어가 들렸던 터라, 크리스를 대기실로 데려가고자 하는 건 장여옥이 먼저 제안한 내용일 거라고, 천희수는 생각했다.

"하는 수 없지. 대신 폐 끼치지 말고 얌전히 있어야 한다?"

"고마워요, 오빠!"

"아니, 뭘. 그래도 방송 때는 돌아와. 알았지?"

"네!"

크리스가 장여옥을 보았다.

"허락하셨어요."

"그래, 그럼 가자."

크리스는 바이올린을 챙겨들고 장여옥(그리고 그녀를 그림자처럼 붙어 다니는 중국인 남자)과 함께 대기실을 나섰다.

장여옥은 자신의 대기실로 향하는 복도를 거닐며 크리스
에게 말을 건넸다.

"무리 없이 통역을 해내는 걸 보니까 크리스는 영어뿐만
아니라 한국어도 잘하는 모양이네."

"네."

뿐만 아니라 일본어, 독일어, 프랑스어, 심지어 중국어도
약간 할 줄 알았지만 크리스는 말을 아꼈다.

"어머니가 한국인이거든요."

"그렇다고는 해도 그 나이에 2개 국어를 문제없이 해내는
건 대단한 일이지. 미국에 계신 어머니가 기뻐하시겠구나.
아, 그게 아니면 혹시 한국에 계신가?"

장여옥은 아무런 내색 없이 자연스럽게 이은 말이었지만,
크리스는 장여옥의 말에서 시샘, 질투 같은 감정을 희미하게
느꼈다.

'호오, 그렇군. 그래, 어쩌면⋯⋯.'

크리스는 장여옥의 말에 표정을 시무룩하게 만들었다.

"저도 그랬으면 좋겠어요."

"응? 그게 무슨 말이니?"

"실은⋯⋯."

크리스는 대답하려다가 말고 어딘지 서글퍼 보이는 미소
를 지었다.

그 직후, 장여옥은 자신이 의도치 않게 크리스의 사적인 영역에 발을 들여놓고 말았다는 것을 깨닫고는 신중한 말씨로 크리스에게 말했다.

"별로 이야기하고 싶지 않은 것 같구나."

아니 그건 아닌데.

오히려 이걸 기회로 장여옥의 동정심을 유발해 보려던 크리스는 내심 조금 성급했나 싶어 속으로 투덜댔다.

"네. 다음에 기회가 되면 말씀드릴게요."

"그래."

장여옥은 어색해진 분위기를 환기하려는 듯 짐짓 어조를 밝게 만들었다.

"아, 혹시 신청곡 받니?"

"그럼요. 제가 아는 곡이면요. 어떤 곡인데요?"

"으음, 미안. 실은 나도 무슨 곡인지는 잘 몰라."

장여옥이 쓴웃음을 지었다.

"혹시 크리스라면 알까 싶어서. 어릴 때 들어 본 곡이야. 그러니까 흠~ 흠흠흠 따라라……. 이런 느낌의 곡인데."

잠자코 장여옥의 허밍을 들은 크리스는 잠시 생각하다가 고개를 끄덕였다.

"네, 알 거 같아요."

장여옥이 눈을 동그랗게 떴다.

"정말?"

"제가 아는 그 곡이 맞는지는 잘 모르겠지만요. 제 생각에는 아마 짐 노페디 같아요."

"처음 들어 보는 음악가네."

"아, 그건 곡명이고 작곡가는 에릭 사티예요."

나중에야 뉴에이지며 미니멀리즘 등으로 재주목을 받아 카페 등지에서 종종 그의 대표곡인 짐 노페디가 흘러나오게 되었으나 에릭 사티는 이 시기, 아는 사람만 알 뿐 그렇게까지 주목을 받는 작곡가는 아니었다.

'최소한 국내에서는. 중국은 어떨지 모르겠고.'

장여옥은 한결 후련해진 표정이었다.

"에릭 사티……. 에릭 사티의 짐 노페디. 그렇구나."

'어릴 때 들어 본 곡' 운운했으니, 아마 그녀의 머릿속에서 오랫동안 맴돌던 곡이었으리라.

'그나저나 어릴 때 짐 노페디를 들어보았다…… 장여옥의 나이를 생각하면 꽤 유복한 집안이었나?'

프로필에도, 그녀 입으로도 홍콩 토박이라고 했고.

'다만 그런 것치고는…….'

크리스는 뒤에서 군말 없이 그들을 뒤따라오는 중국인 남자를 의식했다.

'저 남자랑 주고받던 중국어는 어딘지도 모를 중국 지방 방언이었단 말이지. ……흠.'

장여옥의 대기실은 그녀가 데리고 다니는 코디네이터며

매니저 등등으로 혼잡했다.

'자기 스텝을 몰고 다니는 걸 보니 새삼 대스타답다는 생각이 드는군.'

장여옥이 대기실에 들어오자마자 핸드폰을 들고 서성이던 '매니저'인 듯한 여자가 중국인 남자에게 중국어(광둥어)로 따지듯 물었다.

"웨이치, 대체 어딜 다녀온 거예요?"

그래서 크리스도 이번에는 그들이 말하는 중국어를 알아들을 수 있었다.

'이름이 웨이치인 모양이군.'

중국인 남자(웨이치)는 퉁명스레 대답했다.

"화장실."

"그럴 리가 없잖아요. 이렇게 오랫동안……."

"내가 그렇다고 말하면 그런 줄 알아."

"뭐라고요?"

장여옥이 웃으며 끼어들었다.

"겸사겸사 윤아름이랑 인사하고 왔어."

"예? 그런 거라면 미리 말씀하시고……."

"어쩌다 보니 그렇게 된 거야. 나쁜 일은 없었으니까 더 이상 신경 쓰지 마."

매니저는 한숨을 푹 내쉬었다.

"그래도 앞으로는 개인행동은 좀 자제해 주세요. 여긴 홍콩도 아니고 한국이잖아요.”

“선처할게.”

한 차례 푸념을 늘어놓은 매니저는 떨떠름한 얼굴로 크리스를 보았다.

“그런데 저 꼬맹이는 누구예요?”

장여옥이 씩 웃으며 대답했다.

“오다가 만났어. 재밌는 애더라고.”

“뭐, 귀엽게 생기긴 했네요. 거기서 따로 밀어주는 배우예요?”

“아니야. 자기 말로는 악기 연주자래.”

“네? 이런 꼬마가요?”

잠깐이라도 ‘바이올린’이라는 말을 꺼내지 않은 걸 보면, 혹시나 크리스가 조금이라도 알아듣지나 않을까 경계하는 눈치였다.

그 말에 스텝 중 하나가 중얼거렸다.

“악기 연주자? 돌아다니면서 구걸하는 앤가.”

“조금 더 자랐으면 내 취향인데?”

“지금은 아니고?”

음담패설의 뉘앙스에 여기저기서 피식거리는 웃음소리가 들렸다.

아마 크리스가 중국어를 알아듣지 못할 거라고 생각한 모양이겠지만.

'새끼들아, 다 들린다.'

크리스가 전생에 배운 중국어 욕설을 갈겨 줄까 생각하고 있으려니, 장여옥이 상황을 중재하고 나섰다.

"함부로 말하지 마세요. 그리고 얘 영어 잘하니까 말조심하고요."

"예, 예. 그러죠."

이미 그들이 하는 말은 얼추 알아듣고 있지만.

'때론 모른 척하고 있는 것도 좋은 법이지. 흠, 그나저나 장여옥이 이들을 전부 장악하고 있는 것 같지는 않은걸.'

수평적 조직이라고 하면 듣기에는 좋지만, 엄밀히 말해 그런 건 존재하지 않는다.

'돈을 주무르는 인간이 위에 서는 이상, 모든 비즈니스는 수직적 관계일 수밖에 없지.'

또한, 크리스가 보기에 그들에게선 장여옥과 그 어떤 비즈니스적 주종관계가 아닌, 그들이 서로를 스스럼없이 대하도록 하는 다른 요소가 있는 듯 느껴졌다.

'매니저를 비롯한 몇몇은 저 웨이치란 놈이 속한 패거리에게 설설 기는 모습이지만, 정작 그 패거리의 다른 사람들은 그런 거 같지도 않고……'

어쩌면, 이들은 각자가 서로 다른 조직에 속한 인물들의 집합이 아닐까.

'또, 거기서 장여옥은 그 두 집단의 중개 역할을 하고 있군.'

아마 저들 중 일부는 '민간인이 쉽사리 엮여선 안 될' 그런 부류이리라.

생각에 잠긴 크리스에게 장여옥이 빙긋 웃으며 말했다.

"크리스, 여긴 내 스텝들이야. 인사할래?"

"네."

크리스는 그들에게 공손히 인사했다.

"안녕하세요. 크리스티나 밀러라고 합니다."

장여옥이 크리스의 말을 영어로 이어 받았다.

"크리스가 바이올린 연주를 들려주고 싶다고 해서 데리고 왔어. 그러니까 잘 부탁해."

스텝 일동이 '예' 하고 대답하는 걸 들은 장여옥이 코디네 이터로 보이는 여자에게 다가갔다.

"크리스, 나 화장 받는 동안 부탁할게."

"맡겨 두세요."

장여옥이 화장을 위해 의자에 앉았고, 코디네이터는 장여 옥의 얼굴에 분칠을 시작했다.

그 외에 다른 이들은 저마다 무어라 아무래도 상관없는 이 야기를 쑥덕거리며 크리스가 주섬주섬 바이올린을 꺼내고, 활대에 송진을 먹이는 걸 건성으로 쳐다보았다.

"그러면 시작할게요."

크리스는 그렇게 말한 뒤, 바이올린을 켜기 시작했다.

'어디, 실력 발휘 좀 해 볼까.'

원래는 잔잔하다 못해 자장가로 쓸 수 있는 곡이지만, 크리스는 일부러 이 곡을 '구슬프게' 연주하였다.

크리스의 연주가 시작되자, 다소 소리죽인 떠들썩함이 맴돌던 장내는 삽시간에 조용해졌다.

누군가는 코를 훌쩍이기까지 했다.

크리스의 연주를 단순한 재롱잔치로 보던 이들은 그녀의 바이올린에서 울리는 소리에 저도 모르게 자세를 바로하며 경청했고, 코디네이터는 화장도 잊은 채 멍하니 섰다.

특히 크리스의 짐 노페디를 들은 '웨이치'은 눈을 동그랗게 떴다가 지그시 눈을 감고 그 선율에 집중하는 모습을 보였다.

'후우, 이만하면 대충.'

크리스가 연주를 마치고 난 뒤에도 정적은 한동안 이어졌고, 누군가의 박수를 계기로 대기실이 떠들썩해졌다.

"대단한걸."

"야, 이거 물건인데?"

"이건 진짜야."

크리스는 의기양양한 기분을 눌러 감추며 장여옥을 보았다.

"마담, 이게 찾던 곡이 맞나요?"

"……"

장여옥은 크리스에게서 등을 돌린 채 대답하지 않았고, 뒤

늦게 제정신을 차린 코디네이터가 장여옥의 얼굴을 화장 솜으로 얼른 닦아 냈다.

"크리스, 여기 와 볼래?"

"네."

장여옥의 부름에 크리스는 종종걸음으로 다가갔다.

"부르셨어요?"

"응, 여기 앉을래?"

크리스를 무릎에 앉힌 장여옥이 크리스의 머리에 얼굴을 비벼 댔다.

"정말, 너는 계속 나를 놀라게 하는구나."

'이 정도는 아무것도 아니에요' 하고 답하던 크리스는 장여옥이 물기 어린 중국어로 무어라 중얼거리는 바람에 입을 다물었다.

한마디만을 짧게 중얼거린 억양은 예의, 그 지방 방언이었으나 크리스는 그 뉘앙스와 중국어 속 언어적 유사성에서 그녀가 무슨 말을 중얼거린 건지 알아챘다.

'엄마?'

세간에 알려진 장여옥의 프로필은 그녀가 홍콩 토박이이며 10대 후반일 무렵 스크린으로 데뷔, 홍콩 영화 르네상스에

힘입어 커리어를 장식해 왔다는 것이었다.

하지만 크리스는 오늘 장여옥을 보며 자신이 알고 있던 '공식적인' 정보와 장여옥의 지난 행보 사이에 꽤 크나큰 간극이 있는 것은 아닐까, 생각했다.

"고마워. 무척 훌륭한 연주였어."

장여옥은 연기자답게, 스치듯 짧게 보여 준 빈틈을 어른스러운 태도로 빈틈없이 채워 넣었다.

"아니에요. 좋아해 주셨다니 다행이에요."

"겸손하긴. 내가 장담할게. 너라면 분명 대성할 거야."

그건 결코 빈말이 아니었다.

느릿느릿하고 잔잔한 원곡의 특성상 현란한 기교를 보여 주는 것은 어려웠지만, 장여옥은 그럼에도 크리스의 연주에는 사람의 마음을 움직이는 힘이 있다고 느꼈다.

그 증거로 크리스의 연주에 감동을 받은 건 비단 그 곡에 옛 추억이 있는 자신뿐만 아니라 대기실에 있는 인원 모두가 그러했고, 특히 남들 앞에서는 좀처럼 자신의 감정을 드러내지 않는 웨이치마저도 그 곡에 깊이 빠져든 모습을 보였으니까.

'이 아이는 천재야. 단언할 수 있어. 지금껏 많은 예술가 나부랭이들을 봐 왔지만, 크리스만 한 재능 덩어리는 나도 본 적이 없거든.'

장여옥은 그런 생각 사이로 헛된 욕망 하나가 슬그머니 고개를 치켜드는 걸 느꼈다.

'이 아이가 내 딸이었으면…….'

저도 모르게 떠오르고 만 그 생각에 장여옥은 화들짝 놀랐다.

'나도 참, 무슨 생각을.'

장여옥은 얼른 냉정을 되찾고는 크리스의 머리를 쓰다듬었다.

"바이올리니스트가 꿈이랬지? 언제 홍콩에 한번 놀러 오렴. 내가 아는 사람들을 소개해 줄게."

만약 크리스가 진정으로 아티스트를 목표로 삼고 있다면 그야말로 천재일우의 제안이었지만, 정작 크리스는 별로 그러고 싶은 생각이 없었다.

"말씀만으로도 감사해요."

"아니, 진심이야. 아, 혹시 어머니가 엄하시니? 그런 거라면 내가 직접 어머니를 만나 뵙고 설득할게."

아까 복도에서 어머니 이야기가 나왔을 때 크리스가 보여 준 표정에서, 장여옥은 크리스가 엄한 어머니 아래서 혹독한 영재 교육을 받았을 거라고 짐작했다.

'나라면 더 잘해 줄 수 있는데.'

이번에는 장여옥도 흘러 들어온 생각을 막지 않았다.

한편, 크리스는 장여옥의 말에서 '기회'가 왔다는 걸 눈치채곤 떡밥을 깔 준비를 했다.

"저는……."

크리스가 슬슬 출생의 비밀(?)에 대한 이야기를 던지려던 때에, 매니저가 끼어들었다.

"죄송한데요, 슬슬 준비하지 않으면 정말 늦을 거 같아 서……."

"아."

장여옥은 아쉽다는 듯 쓴웃음을 지으며 크리스를 무릎 위에서 내려놓았다.

"나중에 이야기하자꾸나."

거참, 도움이 안 되네.

"네, 마담……. 아, 그동안 바이올린 연주를 해 드려도 될까요?"

"그래 주면 정말 고마울 거야. 곡 선정은 크리스에게 맡길게."

"네."

방송 직전이니 이번에는 밝고 화사한 곡으로 해 볼까.

어차피 시간을 때워야 하는 처지여서, 크리스는 장여옥이 분장을 받는 동안 대기실 한가운데에서 연습 겸 바이올린 연주를 시작했다.

'이대로 윤아름이 있는 대기실로 돌아가도 되지만…… 장여옥과 관계에도 방점을 찍어 둬야 하거든.'

이윽고 크리스의 연주 속에서 화장을 마친 장여옥이 크리스의 손을 붙잡았다.

"그럼 갈까."

"네, 마담."

연기자로서 가면을 쓴 장여옥은 전혀 다른 사람처럼 보일 정도로 카리스마가 넘쳤다.

'과연, 이런 걸 보면 시대를 풍미한 배우답군.'

뿐만 아니라 장여옥의 커리어는 여기서 끝나지 않는다.

'그녀는 이후 할리우드로 건너가 자신만의 영역을 만드는 사람으로 거듭나게 되니까.'

장여옥이 크리스의 손을 잡고 스튜디오로 발걸음을 옮기며 툭 말을 던졌다.

"그런데 크리스."

"네."

"다 좋은데 마담이라는 호칭 말고 다른 걸 생각해 줄 수는 없을까?"

그렇게 말하는 장여옥에게선 방금 전과 같은 모습에 더해 애교마저 느껴졌다.

"그러면 어떻게 불러 드리면 좋을까요?"

"음……. 그건 차차 생각해 보자. 크리스, 내가 촬영 중일 때 생각해 주겠니?"

그런 구실을 들이대는 장여옥 역시도 크리스와 인연을 여기서 끝내고 싶지 않은 눈치였다.

"네, 그럴게요."

"응."

그리고 장여옥은 그 앞에 가서야 크리스의 손을 놓은 뒤, 방송 관계자들의 인도를 받아 스튜디오 안으로 들어갔다.

'자, 그러면…… 나는 뒤에서 방송 구경이나 해 볼까.'

장여옥의 뒷모습을 눈으로 좇던 크리스는 천희수라도 찾아볼까, 생각하며 몸을 돌렸다.

"윽!"

그러다가 뒤에 서 있던 사람과 가벼운 접촉 사고가 발생했다.

웨이치이었다.

'웨이치? 있는 줄도 몰랐네. 정말 그림자 같군.'

부딪힌 코를 매만지는 크리스에게 웨이치는 따라오라는 듯 손짓했다.

'뭐…… 수상한 놈이기는 하지만, 여기선 보통 어른을 의지하겠지.'

심지어 그는 이미 방송국 내부 동선 파악까지 끝내 둔 모양이고.

'게다가 그에게는 조금 흥미가 있기도 하거든.'

크리스는 군말 없이 웨이치의 뒤를 따랐다.

"고맙다."

크리스는 순간적으로 누가 영어로 말하나 싶어 의아해했

다가, 그 말을 꺼낸 것이 웨이치인 것을 조금 뒤늦게 깨달았다.

'뭐야, 영어 할 줄 아네? 아니지, Thank you, 정도는 누구나 할 수 있는 영어고.'

생각하는 사이 웨이치가 말을 이어 갔다.

"그녀는 요즘 힘든 일이 많았거든. 네 덕분에 조금 위로가 되었을 거다."

어라, 꽤 잘하네?

크리스는 그렇게 생각하며 대답했다.

"천만에요. 오히려 제 연주가 마담에게 위로가 되었다니 다행이에요. 그런데 마담이랑 많이 친하신가 봐요?"

"……."

대화의 물꼬가 트였나 싶었더니, 웨이치는 다시 입을 다물어 버렸다.

'이 새끼가…… 하긴 뭐, 과묵함은 보디가드가 갖춰야 할 소양이긴 하지.'

크리스는 속으로 투덜거리는 한편, 또 생각했다.

'장여옥에게 요즘 힘든 일이 많았다는 내용은 극비 정보일 텐데 말이야. 이 시기 장여옥의 슬럼프가 유산(流産) 때문이라는 건 아는 사람만 아는 정보니까.'

상대가 애라서 방심하고 있던 것일까.

생각하는 사이, 웨이치가 다시 입을 뗐다.

"그래도 홍콩으로 가자는 그녀의 제안은 진지하게 생각해 주었으면 좋겠군."

"네?"

"그녀라면 분명, 네 장래에 도움이 되는 방향으로 너를 키워 줄 수 있을 거다. 모르긴 몰라도 한국에 있는 것보다는 훨씬 나을 테지."

"……."

무슨 말을 하는 건가 했더니, 웨이치는 크리스의 '홍콩행'을 권유하고 있었다.

"그리고 우리는 네가 바라는 것은 뭐든 해 줄 용의도 있다."

"뭐든 간에요?"

"뭐든지, 모든 것을."

뭘 모르는군.

'내가 바라는 건 삼광전자 회장직인데?'

크리스가 (어차피 등을 돌린 채여서 표정도 읽을 수 없을 테니)픽 웃으며 대답했다.

"못 할 걸요?"

그러자 웨이치가 고개를 홱 돌리는 바람에 크리스는 얼른 표정을 고쳤다.

웨이치가 크리스의 두 눈을 찬찬히 살피며 말했다.

"못 할 거라고? 우리는 네가 바란다면……."

그는 잠시 뜸을 들인 뒤 인상을 조금 구기며 말을 이었다.

"우리는 네 이름으로 된, 네 소유의 유원지나 동물원도 만들어 줄 수 있다. 똑똑한 아이니까, 그게 무슨 의미인지는 너도 알겠지?"

아마 그건 크리스의 눈높이에 맞춰 전달한 내용이겠지만…….

'뭐, 하려면 할 수야 있겠지. 하지만 아무리 장여옥이 잘나가는 홍콩 스타라고는 해도 그건 마이클 잭슨급은 되어야 하지 않나?'

……그래도 크리스는 그게 왠지 마냥 허언으로 들리지 않았다.

'아니지. 하긴, 그 돈이 꼭 장여옥의 주머니에서 나와야 한다는 건 아니니까.'

장여옥에게 뒤따르는 루머는 그녀가 삼합회 측과 관계되어 있다는 것도 있었다.

그러니 웨이치가 말하는 그건 아마도 삼합회의 돈일 것이다.

'아무래도 소문이 사실이었나 보군. 하지만 장여옥은 2000년대 중반 이후 홍콩을 떠나 할리우드에서 활동을 시작하지. 어라? 이거 어쩌면…….'

크리스가 그맘때 일어났던 일들을 머릿속으로 떠올리고 있으려니 웨이치가 말을 이었다.

"방금 말한 건 어디까지나 물질적인 거다. 그만큼 우리는 네가 홍콩으로 와 준다면 해 줄 수 있는 지원은 모두 해 줄 용의가 있다는 의미야."

마음은 전해졌다.

웨이치가 말한 건, 정말 실현 가능한 것들일 것이다.

'한국과 달리 중국 졸부가 할 수 있는 일은 사실상 제한이 없다시피 하거든.'

한국에서는 국민들의 눈치가 보여서라도 할 수 없는 걸, 그곳은 해낸다.

하지만 그렇다고 하더라도 크리스는 그러고 싶은 생각도, 그들이 자신이 바라는 일을 해 줄 수 있을 수도 없을 거라고 생각했다.

'물론 돈이 엄청나게 많으면 삼광전자를 인수해 내게 사장 자리를 줄 수도 있겠지. 하지만 그거야말로 정말 허무맹랑한 소리고.'

천하의 삼광전자가 어디 동네 구멍가게도 아닌데, 깡패들이 아무리 돈이 많다고 한들 그걸 사라?

"마음은 잘 알겠어요."

다만 웨이치의 말은 어느 정도 '월권'으로 느껴지기도 했다.

그건 장여옥을 향한 맹목적인 충성으로도 보기에도 다소 위화감이 느껴지는 것이었다.

'여기서는 조금 간을 볼까.'

크리스가 말을 이었다.

"그래도 그렇게는 할 수 없어요. 제가 정말로 갖고 싶은 건 그런 게 아니거든요."

"……뭔데?"

"프라이버시예요."

순간 웨이치가 한쪽 눈썹을 실룩였다.

"프라이버시?"

그때, 크리스는 왠지 모르게 등골이 오싹해지는 기분을 느꼈다.

'……이 새끼, 왠지 필요하다면 유괴라도 할 것 같은 눈치인데?'

물론 생각한 바를 실천에 옮기지는 않겠지만, 크리스는 웨이치의 표정에서 그가 필요하다면 아무런 망설임도 없이 범법을 저지를 부류의 인간임을 읽어 냈다.

초장에 그를 보고 '위험한 냄새가 난다'고 느낀 직감은 거기서 기인한 육감이었을 것이다.

크리스가 느낀 두려운 감정이 표정에 드러나고 만 것일까, 웨이치는 쯧, 하고 혀를 차며 예의 중국어 방언을 나지막이 중얼거리며 다시 등을 돌렸다.

"뭐, 됐어. 어차피 방금 말도 너하고 할 이야기는 아니니까."

그는 아마 크리스의 '부모님'과 진득하게 협상을 하면 해결될 문제라고 여기는 듯했다.

'식겁했네. 그렇다고는 해도……'

어쩌면, 이 또한 기회일지 모른다.

'곧 사라질지도 모를 빽이지만, 몇 년간은 유효할 거거든. 그동안만이라도 이용할 수 있다면 나로서도 충분해.'

크리스는 아무렇지 않은 척 종종걸음으로 웨이치의 뒤를 따라 붙었다.

"왜요? 제 보호자랑 제 홍콩행을 상의해 보시려고요?"

따라 붙으며 언뜻 보니 웨이치의 얼굴에는 귀찮다는 듯한 표정이 떠올랐다가, 크리스가 보고 있다는 걸 알고선 얼굴에 떠오른 감정을 지워 냈다.

"보호자? 꽤 낯선 용어를 쓰는군."

"그도 그럴 게, 저는 지금 부모님과 상의를 할 수 없는 상황이어서요."

웨이치가 고개를 돌려 크리스를 내려다보았다.

"그게 무슨 소리지?"

크리스는 일부러 사람들이 모인 스튜디오 바깥을 힐끗 쳐다보며 배시시 웃었다.

"프라이버시예요."

웨이치의 한쪽 눈썹이 다시 한번 실룩였다.

웨이치는 그런 크리스에게 무어라 한마디 하고 싶었던 모양이지만, 근처에 이미 방송국 관계자들과 그 인맥을 동원한 구경꾼들이 포진해 있어서 그랬는지, 그는 말을 아꼈다.

"나중에 이야기하지."

그렇게 말한 웨이치는 인파 사이로 사라졌고, 홀로 남은 크리스에게 천희수가 다가왔다.

"잘 찾아 왔네?"

"Yes……. 네, 그쪽에서 데려와주셨거든요."

크리스는 대답하며 스튜디오를 보았다.

큐 사인이 떨어지기 전의 스튜디오 안쪽에는 윤아름이 단정한 자세로 앉아 대본을 숙지 중이었다.

'별로 긴장한 티도 안 내고…… 벌써부터 꽤 자세가 됐군.'

천희수도 인터뷰로 윤아름이 선정된 것에 불안감은 없어 보였다.

"천 실장님, 오셨습니까."

그런 천희수에게 통통 프로덕션 소속 박승환 전무가 다가와 인사를 건넸다.

"아, 네. 박 전무님. 오랜만입니다."

"별일 없으셨죠?"

"그럼요."

그와 악수를 주고받은 천희수가 손을 놓으며 말을 이었다.

"먼나라 이웃사촌 촬영 중이십니까?"

"아뇨, 오늘 분량은 한밤예(오늘 촬영의 주체인 〈한밤의 연예 TV〉)

쪽에서 편집한 걸 받기만 할 예정이어서요. 그래도 인사라도 드릴 겸 해서 겸사겸사……."

"그러셨군요. 아, 저택에서 촬영한 화면 잘 뽑혔다면서요? 축하드립니다."

천희수의 말에 박승환이 픽 웃었다.

"다들 물심양면으로 도와주신 덕이죠. 그래도 꽤 좋은 화면이 잡힐 거 같긴 합니다."

"하하, 저희도 그 덕을 좀 보겠군요."

"그러길 바랍니다. 그런데……."

박승환이 뒤늦게 천희수 곁에 있던 크리스를 눈치채고 그녀를 보았다.

"이 애는 누굽니까?"

"아, 그냥 뭐……."

천희수가 머리를 긁적였다.

"그냥 아는 앱니다. 어쩌다 보니 보모 역할을 하게 되어서요."

뭐래, 그 보모 역할도 제대로 못 하면서.

천희수가 말을 이었다.

"크리스, 인사 해. 여기 계신 분은 통통 프로덕션의 박승환 전무님이셔."

박승환이라.

'기억에 없는 얼굴이군.'

그도 그럴 것이, 전생의 크리스도 종종 이휘철에게 인사를 하러 온 박일춘은 몇 번인가 스치듯 본 적이 있었지만 박일춘의 아들인 박승환은 이번이 초면이었다.
　그렇다고 하더라도 장래를 생각하면 방송 관계자와 안면을 터 둬서 손해 볼 것은 없다.
　"안녕하세요, 크리스티나 밀러입니다. 크리스라고 불러 주세요."
　크리스의 정중한 소개에 박승환이 눈을 동그랗게 떴다.
　"한국어 잘하네."
　"네, 어머니가 한국인이셔서요."
　"그렇구나. 이름만 아니면 한국인이라고 생각해도 좋을 정도로……. 응? 크리스?"
　박승환이 잠시 생각하더니 천희수를 보며 다시 입을 열었다.
　"아, 혹시 그 앱니까? 미국에서 왔다던 바이올린 신동 말입니다."
　박승환이 크리스를 아는 눈치이자 천희수가 눈을 동그랗게 떴다.
　"아, 예. 알고 계셨군요."
　"언제 이성진 사장님께 그런 애가 있다는 이야기는 들었습니다. 저도 보는 건 처음이지만요……. 아, 소개가 늦었구나. 나는 통통 프로덕션 박승환 전무란다."

이성진에게 들었다?

'박승환이라고 했나? 그에게 내 이야기를 할 정도였다면 업계에서 꽤 영향력이 큰 인물인가 보군.'

전생에는 몰랐던 인물이니, 아마 이번 생에 이성진이 발굴해서 키워 낸 사람이리라고 생각했다.

'생각해 보면 한성진(이성진) 그놈, 이번 생에 괜찮은 장기짝을 꽤 발굴하고 있단 말이지.'

혹시 한성진은 전생에도 인사 관리가 적성에 맞았던 건 아닐까, 생각하고 있으려니 천희수가 싱글벙글 웃으며 말했다.

"그러고 보니까 크리스, 패킷몬스터 좋아하지?"

"예? 아, 네."

"실은 전무님이 계신 통통 프로덕션에서 패킷몬스터 애니메이션을 제작 중이거든."

패킷몬스터 애니메이션?

'그걸 한국에서, 그것도 이 듣보잡 회사가?'

전생에도 패킷몬스터 IP가 어느 정도 돈을 벌어들이는지를 알고 있던 크리스는 천희수의 말에 새삼스러운 눈길로 박승환을 보았고, 박승환은 멋쩍어하는 얼굴로 천희수의 말을 받았다.

"그냥 수많은 외주 제작자 중 한 곳일 뿐입니다."

"겸손하시네요. 업계에선 한일 합작 애니메이션이라고 소문이 자자한걸요."

"하하……."

지금도 게이머들 사이에서는 알음알음 알려져 높은 판매고를 올리고 있는 패킷몬스터이지만, 그 IP가 대세로 거듭나는 건 이 애니메이션이 발표된 이후였다.

'북미에서 대박을 쳤지.'

그 내용은 미디어 산업 연계의 모범적인 성공 사례로 손꼽히며 경영 교재로 쓰일 정도이니, 그건 서브 컬쳐에 별 관심이 없던 크리스도 당연히 알고 있을 정도였다.

'별로 돈이 안 되는 한국 현지화 작업만 한 줄 알았더니, 뒤에서는 이런 일을 꾸미고 있었던 건가. 놈도 꽤 하는군.'

하긴, 크리스도 만일 자신에게 그런 여건이 갖춰진다면 미래의 대박 상품을 선점하는 것이 당연한 일이라고 생각하기는 했다.

그리고 천희수는 크리스의 눈높이를 생각해서 일부러 말을 하지 않았지만, 통통 프로덕션의 저력과 잠재력은 그런 것에만 있지 않았다.

통통 프로덕션은 사실상 TBS의 전신, 사실상 그 후계라고 할 수도 있는 회사였고, TBS가 남긴 인맥적 유산을 고스란히 물려받은 통통 프로덕션은 그 이름만으로도 업계에서 지대한 영향을 끼칠 수 있었다.

만약 크리스가 이 시점에서 그런 사실을 알았다면 없는 명함이라도 파서 박승환에게 건넸겠지만, 지금 크리스는 통통

프로덕션을 이성진이 발굴해 일감을 몰아주는 회사 정도로
만 생각했다.

'자고로 사업에는 키워 줄 놈들이 있는가 하면 쓰다 버릴
놈들도 있는 법인데……. 뭐, 내가 알 바는 아닌가.'

그러고 있으려니 AD가 '정숙'이라고 적힌 팻말을 스튜디오
바깥쪽으로 보였고, 천희수며 박승환을 비롯한 사람들은 잡
담을 멈췄다.

ON AIR에 푸른 신호가 들어오며 큐 사인이 떨어지며 화
면에 장여옥이 걸어 들어왔다.

"안뇽하세요, 장여옥입뉘다."

장여옥이 박수갈채를 받으며 들어와 한국어로 인사하며
인터뷰가 시작되었다.

통역을 끼고 인터뷰를 진행하는 바람에 대화의 템포가 조
금 느리다는 걸 제외한다면, 인터뷰는 전체적으로 무난했다.

'통역에 따른 딜레이도 편집으로 해결 가능한 부분이고.'

전개가 무난했다는 건 큰 변수나 돌발 상황이 없었다는 의
미이기도 했지만, 윤아름이 진행을 매끄럽게 잘 해냈다는 의
미와도 상동했다.

윤아름은 의외로 사회자로서 나쁘지 않은 자질을 갖추고
있었고, 장여옥도 윤아름의 진행을 편안하게 받아들이는 모
습이었다.

전체적인 맥락은 장여옥의 한국에 대한 인상, 저번 방한

당시와 차이 등등에 대한 이야기 흐름이 이어졌고 그나마 조금 주목할 부분은 대본에 없던, 그녀가 윤아름과 대기실에서 나눈 대화 일부가 인터뷰 내용 중에 나왔다는 점이었다.

장여옥은 윤아름이 출연한 영화를 감명 깊게 보았으며, 방준호 감독에 대한 칭찬에 이어 향후 한국 영화계가 큰 잠재력을 터뜨릴 때가 오리라는 이야기를 했다.

'이 정도면 심지어 그녀가 이번에 출연한 영화 이야기보다 더 많이 한 셈이군. 아마 스포츠 신문 등지에서는 〈장여옥, 한국 영화의 미래에 대해 말하다!〉 혹은 〈장여옥, 윤아름에 대해 극찬!〉 같은 자극적인 표제를 곁들여 나가겠어.'

다만 설령 별거 아닌 내용이라도 누구 입을 거치느냐에 따라 그 무게감이 달라지는 법.

'매일같이 연예인들을 보는 방송국 관계자들조차 장여옥한테서 눈을 못 떼는걸.'

홍콩 영화 르네상스를 정통으로 얻어맞고 장여옥의 팬이 되어 버린 세대에게는 그 장여옥이 방한해 화면에 잡혀 한국에 대한 이야기를 하는 것부터가 꿈에 그리던 찬란한 순간일 것이다.

'그나저나 영 심심하군. 말 그대로 꾸민 것처럼 정석적인 전개와 흐름이야.'

하지만 오히려 그렇기에 크리스는 장여옥에 대한 의혹을 더 깊이 생각했다.

'오늘에서야 눈치챈 거지만, 장여옥의 스폰서인 삼합회 파벌은 아마 현 중국 당을 장악 중인 파벌에 속해 있을 터……'

그도 그럴 것이 공교롭게도, 장여옥이 할리우드에 진출한 시기인 2000년대 중반과 현재(1996년) 중국 주석 임기가 종료되고 교체된 시기는 얼추 맞아떨어졌다.

'즉, 장여옥의 할리우드 진출은 비단 홍콩 영화계의 몰락 때문만이 아닌, 그녀를 봐 주던 뒷배가 사라졌기 때문이라는 가설도 생각해 봄 직하지.'

인터뷰는 장여옥이 윤아름과 합을 맞춰 '쇄랑해요, 한밤의 TV연예' 하고 말하는 것으로 끝이 났다.

스탭 일동의 박수 소리와 장여옥의 인사, 그리고 이어진 윤아름과 가벼운 포옹까지.

이번 인터뷰로 장여옥은 국내 장여옥 팬들에 대한 굳건한 지지를 끌어냈을 뿐만 아니라, 소탈하고 인간적인 면모를 마음껏 뽐냈다.

'머지않은 미래에 장여옥이 할리우드로 진출해 글로벌 스타로 거듭나고 나면, 오늘 방송은 자료 화면으로 주구장창 쓰이겠지.'

촬영을 마치자마자 스탭들은 쭈뼛쭈뼛 종이와 팬을 들고 장여옥에게 다가왔고, 장여옥은 시종일관 미소를 지으며 일일이 사인을 해 주었다.

"Oh, 윤아름."

그 인파에 밀려 슬쩍 떠나려는 윤아름을 장여옥이 불러 세웠다.

"네?"

"See you later. (나중에 봐요.)"

그 정도 영어는 윤아름도 알아들었다.

윤아름은 미소 띤 얼굴로 고개를 끄덕인 뒤, 스튜디오 계단을 천희수와 크리스, 박승현이 있는 곳으로 직행했다.

"조금 갑작스러웠을 텐데 잘했어."

윤아름은 천희수가 건넨 생수병을 웃으며 받았다.

"아니에요. 어디까지나 대본대로 한걸요. 아, 박 전무님. 안녕하세요."

"예, 안녕하세요. 방송 잘 봤습니다."

"감사합니다. 아, 나중에 관련해서 제 인터뷰 따실 거면 화장 지우기 전에 말씀해 주세요."

"하하, 예."

이어서 윤아름은 조금 의기양양한 얼굴로 크리스를 보았다.

"어땠어?"

크리스는 '평범했어요' 하고 속마음을 말하는 대신 가식적인 대답을 했다.

"대단해요, 언니. 덕분에 스튜디오 구경 잘했어요."

"뭐, 이 정도쯤이야."

윤아름은 크리스의 호들갑 섞인 칭찬이 싫지 않은 듯 어깨를 으쓱였다.

"아, 그리고 보니까 크리스, 장여옥 씨 사인 받고 싶다고 했지? 나중에 받아 줄게."

그러고 보니 여기 오기 전엔 그런 말도 했군.

"괜찮아요. 나중에 따로 받을게요."

"어쭈, 벌써 장여옥 씨랑 친해졌나 봐?"

"네. 제 바이올린을 좋아해 주셨거든요."

그 부하가 유괴까지 고려할 정도로 말이지.

천희수가 물었다.

"그런데 아름아. 아까 장여옥 씨가 너한테 뭐라고 말하는 것 같던데, 뭐라고 했어?"

"See you later, 라고 하시던데요. 나중에 또 장여옥 씨랑 스케줄 있어요?"

"아니? 없는데."

"그러면……. 아, 〈먼나라 이웃사촌〉 쪽 방송 스케줄인가요?"

윤아름의 질문에 박승환이 고개를 저었다.

"아뇨, 오늘 공식적인 일정은 한밤야 인터뷰가 전부입니다. 다른 건 그쪽 일정이 따로 있다고 했고요."

"흠, 뭐, 그냥 따로 작별인사라도 하시려는 건가 보죠. 아니면 식사 초대라거나?"

"식사라……. 장여옥 씨는 종교 때문에 가리는 게 많습니다만."

"종교?"

"불교 신자거든요. 그것도 꽤 독실한……."

대본에는 그녀가 불교 신자라는 내용을 일부러 배제했던 터라, 윤아름도 그런 내용까지는 몰랐던 듯하다.

"실은 그래서 저택 메뉴 선정에도 꽤 애를 먹었습니다."

"아쉽네요. 흠, 시저스에 모시고 가면 딱이라고 생각했는데."

윤아름의 중얼거림을 들으며 크리스는 '방한 스타를 패밀리 레스토랑에 데려가서 어쩌려고' 하고 속으로 생각했지만.

"아, 시저스라면……. 괜찮을지도 모르겠군요. 거기 오승환 셰프가 저택 메뉴를 담당했으니 사정을 말해 주면 이해해 줄 거 같습니다."

"어머, 그랬어요?"

박승환은 박승환대로 그걸 나쁘지 않은 제안으로 치부해서, 크리스는 고개를 저었다.

"Did you wait long? (오래 기다렸죠?)"

그때 장여옥이 따라 붙으며 그들에게 다가왔다.

'촬영 중에는 어디 있었는지 웨이치도 그림자처럼 따라 붙었군.'

딱히 장여옥을 기다린 게 아니라 잠시 대화만 나누고 있었을 뿐이지만, 그녀의 조금 미안하다는 듯한 얼굴을 보며 윤아름은 손사래를 쳤다.

"아, 아니에요. 어, 그러니까…… 크리스, 부탁해."

"No problem. It's fine. (괜찮아요.)"

크리스의 적당한 통역에 장여옥이 빙긋 웃은 뒤, 웃음기를 살짝 거두며 박승환을 보았다.

"미스터 박도 오셨네요. 오늘 그쪽 촬영 스케줄이 있다고는 못 들었는데요."

"아뇨, 신경 쓰지 마십시오. 오늘은 방송국에 방금 인터뷰 편집본을 받으러 왔을 뿐입니다."

"그렇다고 하니 다행이군요."

이번에는 크리스가 통역을 할 필요 없이, 박승환과 장여옥 둘이서 영어로 대화를 주고받았다.

"그러면 다음에 뵙죠. 이만 실례하겠어요."

"예."

장여옥은 한국 방송 관계자가 계약에 없는 일을 밀어붙이지 않는 것이 마음에 드는 듯 다시 미소를 지었다.

"그럼 우리는 대기실로 가자. 크리스, 전달해 주겠니?"

"네."

박승환과 작별한 뒤, 천희수와 윤아름은 장여옥을 따라 스튜디오를 나섰다.

장여옥이 복도를 거닐며 크리스에게 말을 건넸다.

"자, 그럼…… 크리스."

"네."

"지금 천희수 씨가 네 보호자지?"

"그런 느낌이에요."

"그러면 이렇게 전해주렴."

'오늘 하루 크리스를 빌렸으면 한다'고.

4장

장여옥의 말을 듣자마자 크리스는 이걸 곧이곧대로 통역
해도 좋을지 몰라 잠시 멈칫했다.

'혹시 웨이치 저놈이랑 미리 입을 맞추기라도 했나?'

아니 그럴 시간은 없었다.

웨이치가 언제부터 그녀를 따라붙었는지는 모르겠지만 장
여옥은 스튜디오에서 곧장 여기로 왔고, 크리스가 알기로도
둘이 대화를 나눈 낌새는 보이질 않았다.

'흠, 그렇다면 장여옥은 장여옥대로 내게 따로 용무가 있는
건가?'

그런 거라면 웨이치에게서 느낀 유괴의 낌새를 장여옥에
게 적용할 필요는 없을지 모른다.

'그래도 조금 찜찜하기는 한데…….'

크리스는 장여옥이 자신을 향한 호감이, 남들처럼 단순히 귀엽고 재능 넘치는 아이를 향한 호감과 다소 궤가 다르다는 걸 느끼고 있었던 것이다.

생각이 길었던 걸까, 윤아름이 크리스에게 물었다.

"크리스, 장여옥 씨가 I hope I can hang out with Chris today 라고 하셨는데, 그건 너랑 놀러 가고 싶다는 의미지?"

음, 애당초 기초 회화여서 의미를 왜곡하는 것부터가 쉽지 않군.

'게다가 여기에는 장여옥이랑 영어로 프리토킹이 가능한 박승환 전무란 인간도 있으니…….'

크리스는 하는 수 없이, 속내를 감추며 빙긋 웃었다.

"네, 언니. 맞혔어요."

"진짜? 흐흥, 방금 전까지 인터뷰하면서 영어 귀가 뚫렸나 봐."

윤아름은 남의 속도 모르고 의기양양하게 가슴을 쭉 내밀었다.

그러자 잠자코 있던 천희수가 머리를 긁적였다.

"그런데 그러면 너무 폐를 끼치는 거 같아서…….."

박승환이 거들고 나섰다.

"뭐, 어떻습니까. 공식적인 일정도 끝났고…… 오늘이 초면이기는 합니다만 크리스라면 별로 폐를 끼치거나 할 거 같지도 않아 보이는걸요. 장여옥 씨만 괜찮다면 그 바람을 들어드려도 좋을 거 같습니다."

장여옥도 그들 사이에 오가는 한국어를 알아듣는 건 아니지만, 대강 분위기를 읽고는 천희수에게 떠듬거리는 한국말을 건넸다.

"부탁해요."

"으음……."

홍콩 스타에게서 '부탁'을 들은 마당에, 장여옥의 팬인 천희수는 결국 한풀 꺾였다.

"크리스 생각은 어때?"

상황이 이렇다 보니 크리스도 대놓고 '싫다'는 말을 할 수 없는 분위기가 되었다.

'명불허전이야. 장여옥의 대중 장악력은 허투루 볼 게 아니군.'

장여옥에게 당했단 생각이 들지 않는 건 아니지만.

'……뭐. 더 친해져서 나쁠 거 없다는 생각도 들고. 어쩌면 이것도 또 다른 기회일지 모르니까.'

크리스가 고개를 끄덕였다.

"네, 그렇게 할게요. 다만……."

크리스는 보험을 들어 두기로 했다.

"저도 마음 같아서는 장여옥 씨를 안내하고 싶지만 저도 아직 한국에 온 지 얼마 안 되어서 어디에 뭐가 있는지는 잘 모르거든요."

"하긴, 그것도 그러네."

고개를 끄덕이는 윤아름에게 크리스가 말했다.

"그래서 말인데, 아름 언니만 괜찮으면 언니도 같이 가 주면 안 될까요?"

"……응? 나?"

크리스는 한국 땅에 이렇다 할 기댈 구석도 없는 판국인데다가 사실상 천애고아나 다름없는 몸이다.

만일 장여옥이 수작을 부려 이대로 자신을 납치하려고 한다면, 손쓸 수도 없이 당할 뿐만 아니라…….

'한성진(이성진) 그놈은 오히려 그런 상황이 닥치길 바랄지도 모르고.'

하지만 윤아름은 이래 봬도 동세대에서는 가장 잘나가는 인기 스타.

아무리 장여옥(및 웨이치)이 막나간다고 하더라도 윤아름이 버젓이 지켜보고 있는 앞에서까지 그럴 수는 없을 것이다.

윤아름이 머리를 긁적였다.

"으음, 오늘은 승연 언니 촬영장에 들르기로 했는데……."

"그래요?"

"응. 그 언니, 은근히 스파르타거든. 자기가 하는 거 보고 연기에 대해 공부하라나, 뭐라나?"

말은 그렇게 했지만 윤아름은 내심 장여옥과 동행하는 쪽에 마음이 기운 듯했다.

"하지만 여기 계신 장여옥 씨도 연기라면 일가견이 있는 분이신데요?"

"그건 그렇지만……."

오히려 김승연은 장여옥 앞에서 연륜으로나 경력으로나 명함도 못 내밀 것이다.

천희수가 씩 웃으며 말했다.

"할 수 있다면 장여옥 씨랑 동행하도록 해. 흔히 있는 기회도 아니고, 승연 씨도 네가 장여옥 씨랑 어울린다고 하면 뭐라고 말하진 못할 거야."

"그렇겠죠?"

"……아마도."

윤아름이 씩 웃었다.

"그러면 희수 오빠, 승연 언니한테는 오빠가 잘 말해 주세요."

"어? 어어?"

"크리스, 그러면 전달해 줄래?"

크리스가 고개를 끄덕였다.

"네!"

직후 크리스가 고개를 돌려 장여옥을 보며 영어로 말을 이었다.

"그러면 신세 좀 지겠습니다. 대신……."

윤아름이 보호자로 동행하기로 했다는 말에 장여옥은 잠시 생각하더니 활짝 웃으며 고개를 끄덕였다.

"좋아. 나도 윤아름이랑은 이야기를 더 해 보고 싶었거든."

그렇게 됐으니 천희수는 몇 가지 시시콜콜한 당부—나중에 크리스를 집까지 바래다주십사 하는—를 전달한 뒤, 본인은 본인 일이 있어서 함께하지 못해 죄송하단 말을 전해 달라고 했다.

그리고 크리스는 천희수의 말 전부를 전달하는 대신, '크리스와 윤아름을 잘 부탁합니다.' 하는 말만을 조금 장황하게 전했다.

"그러면 무대 화장 지우고 크리스랑 내 대기실로 오렴."

장여옥은 웨이치와 함께 자신의 대기실로 향했고, 크리스는 윤아름과 함께 윤아름의 대기실로 갔다.

"워낙 갑작스러워서 그렇지, 생각해 보니까 터무니없는 상황이네."

윤아름이 코디네이터의 도움을 받아 화장을 지우며 중얼거렸다.

"나 지금 장여옥 씨를 에스코트하게 된 거잖아?"

"그러네요."

"음, 어디로 모시지? 경복궁? 저번에 오셨을 땐 총독부 건물이 있을 때니까 지금은 또 다를 거 같은데. 그 왜, 작년에 뭐라더라, 건물 복원도 했다고 들었고……. 아, 사람이 너무 많은 곳은 피해야 하나? 크리스는 경복궁에 가 봤니?"

"괜찮을 거예요."

크리스가 담담히 윤아름의 잔걱정을 끊었다.

"응?"

"뭐, 애당초 저랑 먼저 동행하려고 하셨으니까, 언니가 함께해도 괜찮지 않을까요?"

"흠, 그런가? 크리스, 똑똑하네."

"뭘요."

윤아름에게는 안심하라는 듯 당당하게 대답했지만, 크리스도 사실 장여옥의 꿍꿍이가 무언지 알 길이 없기는 매한가지였다.

'장여옥이 한국에서 따로 볼일이 있다니. 이렇다 할 연고가 있나⋯⋯? 아.'

있긴 있다.

'최서연. 그 여자는 자신이 장여옥과 친구랬지.'

이성진에게 들은 거지만, 심지어 장여옥은 얼마 전, 한국에 온 지 사흘째인가 나흘째 되던 날 최서연이 재단 이사장으로 있는 '요한의 집'을 방문해 거액의 기부금까지 내주고 왔다고도 했다.

'더불어 한성진(이성진)의 말에 의하면 그녀가 영화에서 맡아 온 배역 속의 소위 [생기발랄한 여주인공]과는 거리가 먼 모습이라고 했지만⋯⋯.'

반면 오늘 크리스가 직접 만나 본 장여옥은 '생기발랄한 모습' 그 자체는 아닐지라도 이성진이 말한 것처럼 '차분하고 조용한' 느낌은 들지 않았다.

　'이따금 그늘진 모습을 보이기는 해도 내 앞에서는 꽤 능청스러워 보이던데.'

　그렇다면 이성진이 본 장여옥의 모습은 여독이 풀리지 않아서 생겨난, 일시적인 현상이었던 걸까.

　'한편으론 최서연도 좀 그래. 아무리 친구라지만 본인의 사업장(?)에 비공식적으로 장여옥을 데려갔다니…….'

　설마하니 장여옥이 건넸다던 '거액의 기부금'이 탐나서 그랬을 것 같지는 않고.

　'아무튼 뭔가 있긴 있어. 그게 뭔지는 아직 모르겠지만.'

　사실 장여옥의 이번 방한 자체가 전생에는 없던 일이니, 어쩌면 그 일에 최서연이 무언가 수작을 부린 것 같기도 하다.

　심지어 최서연은 호텔 측에 하마터면 일을 그르칠지도 모를 제안까지 하지 않았던가.

　'……아니 내가 너무 깊이 생각하는 건가?'

　최서연도 장여옥이 얼마 전 유산의 상처를 겪었다는 건 몰랐던 걸 수도 있으니까.

　'더군다나 지금은 나비효과라고 할지, 이미 이래저래 전생과 다른 점이 많이 생겨나고 있으니까.'

　당장 예의 윤아름이 출연했던 〈우리들 이야기〉라는 영화도 전생에는 없던 거고…….

크리스가 생각에 잠겨 있으려니, 똑똑 대기실 문을 노크하는 소리가 들려 천희수가 문을 열었다.

"네, 무슨 일로……."

거기에는 아까 본 박승환과 장여옥의 대기실에서 본 매니저가 서 있었다.

"죄송합니다. 방금 장여옥 씨로부터 조금 갑작스러운 요청이 왔는데…….."

무슨 일일까, 거리가 멀어 잘 들리지는 않았지만, 세 사람은 꽤 진지한 얼굴로 대화를 주고받았다.

이윽고 대화가 끝나고, 천희수가 윤아름에게 다가왔다.

"잠깐 괜찮아? 화장 지우면서 들어도 되는데."

"말씀하세요."

"그게 있지, 장여옥 씨 측에서 이번 너희들 동행을 공식 촬영 스케줄로 변경했으면 하셔서."

"촬영?"

"응. 가능하면 방준호 감독님이랑도 만나고, SBY랑도 만나봤으면 싶어 하는데……."

장여옥의 제안은 소속사와 제작사 입장에서는 쌍수를 들고 환영할 만한 것이었다.

〈먼나라 이웃사촌〉입장에서는 건질 화면을 잡을 수 있어서 좋고, SJ엔터테인먼트 입장에서도 홍콩 스타와 SBY가 한 화면에 잡게 되었으니 이래서야 윈윈이 아니고 무얼까.

"아, 물론 스케줄을 조정해야 하는 데다가 방준호 감독님께도 따로 말씀을 드려 봐야 하지만……. 최소한 SBY 애들은 오늘 별 일정이 없거든. 아름이 너만 괜찮다면 오늘 하루 촬영에 동행해도 괜찮을까 싶어서."

"음……."

"게다가 이렇게 공식 일정으로 만들어 버리면, 뭐라도 승연 씨에게도 할 말이 생기잖아?"

천희수가 김승연을 걸고 나오니 윤아름은 인상을 구겼다.

"오빠도 정말……."

그렇게 김승연에게 잔소리를 듣는 것과 예정에 없던 촬영 스케줄이 생기는 것 사이에서 저울질을 하던 윤아름은 이내 고개를 끄덕였다.

"뭐, 저는 상관없어요. 그러잖아도 어떻게 하면 좋을지 고민 중이었고……."

게다가 장여옥의 제안은 SJ엔터테인먼트와 통통 프로덕션 측에 이득이면 이득이지, 결코 손해 볼 만한 내용도 아니었다.

'갑 중의 갑께서 친히 그러겠다고 해 주시는데, 이건 당장 몸이 조금 편한 거랑 비할 바가 아니지.'

더욱이 윤아름도 프로이니, 이런 일에 자신의 편의를 따지기보단 업무에 보다 도움이 되는 방향을 택하기로 한 것이리라.

"아차, 크리스는?"

"괜찮아요."

오히려 좋다.

'이렇게 되면 장여옥 일당이 나를 유괴해서 홍콩에 데려갈 걱정은 전혀 하지 않아도 되겠군. 촬영에 들어갈 땐 카메라 바깥으로 쏙 빠지면 그만이고.'

천희수가 안도하며 윤아름의 어깨를 다독였다.

"고맙다. 그러면 나는 방준호 감독님께 연락해서 스케줄 확인 좀 해 볼게."

"네. 아마 감독님이라면 하던 일도 접어 두고 달려오실 거 같지만요."

"하하, 그러려나? 그랬으면 좋겠는데."

천희수는 박승환과 매니저에게 손가락으로 오케이 사인을 보내는 것과 동시에 핸드폰을 꺼내 어디론가 전화를—아마 방준호 감독에게 먼저 연락을 하는 것이리라—걸었다.

'흠, 원래 장여옥의 용건은 내 쪽이었던 모양이니……. 나도 본의 아니게 이바지를 해 준 셈인가?'

만약 이 일이 알려져 이성진한테 사례를 받을 수 있다면 그쪽을 기대해 봐도 좋을지 모르겠다.

그렇게 예정에 없던 방송 스케줄이 갑작스레 생겨났지만, SBY멤버들은 물론이고 방준호 역시 알겠다며 제안을 수락해서, 통통 프로덕션 스튜디오에서 합류하기로 일정을 잡았다.

'이 기회에 방준호 감독이랑도 안면을 트게 되겠군. 딱히 지금 친해져도 뭐 있다는 건 아니다만.'

매니저가 크리스를 불렀다.

"크리스."

"네?"

그리고 매니저는 장여옥의 대기실에서 들고 온 바이올린을 그녀에게 돌려주었다.

"장여옥 씨가 갖다주래서."

"감사합니다."

매니저가 살짝 목소리를 낮췄다.

"그런데 말이야, 너한테만 전달할 말이 있는데."

"뭔가요?"

"장여옥 씨 말씀이 너한테 '그렇게 걱정할 필요 없다.'고 전하래서. 무슨 뜻이니?"

음, 아무래도 장여옥은 웨이치가 무슨 짓을 벌이려고 했는지 알게 된 모양이었다.

"글쎄요? 저도 잘 모르겠어요."

하지만 크리스는 속내를 감추고 빙긋 웃어 주었다.

"아마 갑자기 촬영 스케줄이 생겨난 걸 사과하고 싶었던 모양이죠."

"그…… 됐어. 아무튼 알겠다."

한숨을 푹 내쉰 매니저가 쓴웃음을 지었다.

"이건 너한테만 하는 이야기지만 장여옥 씨, 근래 들어 가장 컨디션이 좋아 보이거든. 네 덕분이라고 생각해."

"말씀만이라도 감사합니다."

"아니야. 뭐…… 아무튼 나중에 보자."

"네, 살펴 가세요."

매니저를 배웅한 크리스는 잠시 홀로 생각했다.

'흠, 한성진(이성진) 그놈도 나한테 없는 말을 지어낸 건 아닌 모양이구먼.'

M동에 자리 잡은 통통 프로덕션은 아직 예전 '동양비디오' 시절에 사용하던 빌딩을 사용하고 있었다.

이성진은 사장인 박일춘에게 SJ컴퍼니 사옥이 있는 분양 쪽으로 이전을 권했지만, 그는 여기도 아직 쓸 만하다며 이성진의 제안을 웃어 넘겼다.

사실, 원본이 되는 건물의 토대는 1960년대에 지어진 것이어서 낡은 감은 떨쳐 내지 못했으나, 명색이 동양비디오의 전신인 TBC방송국이 있던 자리여서 그런지는 몰라도 면적 하나는 알아줄 법했다.

게다가 통통 프로덕션은 SJ컴퍼니와 협업을 시작한 근 몇 년 사이 사업을 확장하며 약간의 개보수를 행했고, 임대를 놓았던 다른 공간도 다시 인수하며 건물 내부에 그럴듯한 스튜디오도 장만할 수 있게 되었다.

한편, 크리스는 통통 프로덕션 사옥에 도착해 창밖을 보고선 이들이 TBC를 전신으로 삼는 제작사임을 뒤늦게 깨달았다.

'어디서 난생처음 보는 회사를 잘도 발굴했다 싶었더니, 그게 여기였어?'

비록 지금은 역사의 흐름에 떠밀려 영락하고 만 회사이지만, 초창기 한국 방송계를 선도했던 그 명성만은 어디 가질 않아서 지금도 각 주요 방송국의 요직이며 기침 좀 한다는 원로배우들은 크건 작건 모두 TBC의 영향을 받아 온 것이다.

'하긴, 방송 쪽 일을 하겠다고 마음먹었다면 나라도 그랬을 거지만.'

무에서 유를 창조하려면 많은 시간과 돈과 노력이 필요하지만, 이미 있던 걸 다시 발굴하는 건 최소한 그 시간만큼은 아낄 수 있는 거니까.

'그렇다곤 하나 용케도 여길 끌어들일 생각을 다 했군. ……놈도 제법인데.'

그렇게 생각했더니, 통통 프로덕션의 박승환 전무도 새삼 달리 보였다.

'이제야 기억이 났어. 박일춘 아저씨의 아들이랑 이름이 같더군.'

그를 곧바로 알아보지 못한 것도 당연한 게 크리스도 박일춘을 제외하면 그쪽 일가와는 별다른 인연이 없었고(자신을 꼬박꼬박 도련님이라고 불러 주던 그 박일춘조차 이휘철의 사후 자연스럽게 연락이 끊어졌다), 그 아들인 박승환에 대해서도 박일춘의 사후, 건물을 팔아 미국으로 건너갔다는 소문만 들었을 뿐이었다.

'박일춘 아저씨가 하던 동양 비디오도 한동안은 그럭저럭 잘나간 모양이지만…… 비디오 산업이 본격적으로 몰락하기 전에 사업을 정리할 수 있었으니 그것도 나름 그 사람의 복이려나.'

그런 감상을 속으로 생각하고 있으려니, 주차를 마친 박승환이 운전석에서 고개를 돌려 크리스를 보았다.

"다 왔다."

"태워 주셔서 감사합니다. 아저씨."

"아니, 뭘."

예정에 없던 촬영 스케줄이 생기고 천희수와 윤아름은 SBY 멤버들을 픽업해 올 겸, 윤아름이 갈아입을 옷이며 기타 등등 소품도 챙길 겸 일단 사무실로 돌아갔고, 크리스는 그들을 따라가는 대신 박승환과 동행해 회사에 먼저 가 있기로 한 것이었다.

크리스가 자신을 따라오겠다는 말에 박승환은 조금 당황하기는 했지만 그렇다고 크리스의 제안을 거절하기도 뭣했던 그는 결국 흐름에 몸을 맡긴 셈이었다.

'그렇다고 내가 장여옥이랑 같이 오긴 좀 그렇잖아?'

이미 스케줄이 잡힌 마당에 다른 수작을 걸어오지는 않겠지만, 크리스는 일단 잠시 거리를 두고 장여옥의 꿍꿍이를 보자는 전략적인 판단을 했다.

　'그나저나 여기도 참 오랜만인걸. 어릴 때 할아버지를 따라와 본 뒤론 올 일이 없었으니⋯⋯.'

　차에서 내려 건물을 바라보는 크리스에게 박승환이 다소 멋쩍어하는 얼굴로 말을 건넸다.

　"건물이 좀 낡았지?"

　"아뇨, 뭐⋯⋯. 괜찮은걸요."

　"아마 네 눈에 조금이라도 괜찮게 보였다면 얼마 전에 리모델링을 조금 해 둬서 그런 걸 거다."

　"아니에요. 고풍스럽고 좋은데요."

　크리스의 대답에 박승환은 픽 웃었다.

　"고풍스럽단 말도 다 알고⋯⋯. 너 정말 미국인 맞냐?"

　음, 그 부분은 조금 방심했군.

　"살던 동네에 한국인이 많았거든요."

　"그렇다곤 해도 네 나이에 그런 말을 아는 것도 놀라운데."

　미국에서는 고급 어휘를 쓸 상황 자체가 별로 없어서 괜찮았지만, 한국에서는 조심해야겠다고 새삼 다짐했다.

　'한성진(이성진) 그놈은 어떻게 해 나가고 있는 거야?'

　그렇다고 그냥 천재 컨셉으로 밀어붙이면 나중에 낭패를 볼지도 모르니, 신중을 기하기로 하자.

"어쩌다 보니 알게 된 어휘를 썼을 뿐이에요."

"그러냐. 우리 애도 너처럼 자라 주면 좋겠다 싶어서."

"결혼하셨어요?"

"응, 그래. 아직 어리지만 애도 있고."

응, 알고 있어.

박승환이 툭하고 물었다.

"그런데 크리스, 미국에서 살다가 한국으로 와서 불편한 점은 없니? 네 경우에는 말이 잘 통해서 그 부분은 괜찮은 것 같지만, 이를테면 식습관이라거나⋯⋯."

"오히려 좋은데요. 왜 그러세요?"

"아니, 뭐. 그냥."

박승환이 얼버무렸다.

장여옥 측이 도착하기 전까지 시간이나 때우려는 것도 있겠지만, 박승환의 전생을 가늠한 크리스는 그가 던진 질문의 의도를 알 것 같았다.

'전생처럼 미국으로 이민을 염두에 두고 있는 건가?'

아무래도 박승환은 지금 하고 있는 가업(?)을 물려받는 것이 별로 내키지 않는 눈치였다.

'듣기로는 패킷몬스터 애니메이션 제작도 하는 중이라 했고, 앞으로는 잘나갈 일만 남았는데⋯⋯.'

심지어—잠깐 본 것에 불과하지만—일도 꽤 잘하지 않던가.

박승환이 뭘 하건 크리스가 알 바는 아니었지만, 이성진이 모처럼 만들어 둔 상황이 그 대에 이르러 끊어지는 것은 그다지 바람직한 상황은 아니었다.

'한성진(이성진) 그놈이 나인 척 가면을 쓰고 설쳐 대는 건 눈꼴 시리지만, 어쨌건 그놈이 잘나가면 내게도 그 콩고물이 떨어질지 모르는 일이거든.'

그래도 말은 공짜니까, 크리스는 이 기회에 선의(?)를 베풀기로 했다.

"아저씨, 혹시 이민을 생각하고 계세요?"

박승환이 움찔했다.

"왜 그렇다고 생각했니?"

"방금 질문이 어딘지……."

'구체적'이라고 말하려던 크리스는 어휘 수준을 조정했다.

"……자세하게 느껴져서요."

크리스의 말에 박승환이 쓴웃음을 지었다.

"그랬구나. 예술을 해서 그런지 감이 좋네."

예술을 하는 것과 감이 좋은 건 별로 상관관계가 있다고 생각하지 않는데.

상대가 어린아이여서 그런 걸까, 박승환은 내친김에 그러는 것처럼 속마음 일부를 털어놓았다.

"이따금 이게 내가 하고 싶었던 일인가, 하는 생각이 들어서. 여기서는 왠지 내가 할 수 있는 일이 태어날 때부터 정해져 있단 생각이 들곤 하거든."

박승환은 혼잣말을 하듯 중얼거린 뒤, 애 앞에서 무슨 소리를 하는 건지 새삼 자각한 얼굴로 고개를 저었다.

"내가 애 앞에서 무슨 말을. 신경 쓰지 마."

크리스는 그 이야기를 듣는 즉시 바닥에 침을 퉤, 뱉고 싶었다.

'쳇, 명색이 빌딩 주 아들이면서 배부른 소리는.'

전생에야 빌딩 몇 채 정도 가지고 있는 졸부(?)를 '그게 무슨 자랑이라고' 하는 식으로 하찮게 봐 왔지만, 이번 생에 들어 서민들의 고충을 겪고 난 뒤로는 보는 시각도 조금 달라진 크리스였다.

심지어 박승환은 이 시대에 영어로 프리 토킹이 가능할 정도로 고등 교육을 받았다.

그런 그가 그 정도 교육을 받을 수 있었던 것은 알부자인 부친의 지원이 있기 때문이 아니었나.

'할렘가 애들이 할 수 있는 장래라고는 마약 딜러거나 마약 딜러 중간책이거나 둘 중 하나였다고. 그러다가 운이 좋으면 총을 안 맞고 살 수도 있겠지.'

그러니 '정말로 하고 싶었던 일' 운운하는 건, 내일을 생각할 여유가 있을 때나 할 수 있는 배부른 고민에 다름 아니었다.

"어디든 마찬가지겠지만, 고작 그런 것 때문에 이민을 고민하고 계신 거라면 관두세요."

크리스의 조금 날 선 목소리에 박승환이 눈을 깜빡였다.

"응?"

그제야 크리스도 '내가 또 욱하고 말았군.' 하고 조금 자책했지만, 그렇다고 쏟아진 물을 주워 담는 노력은 해 본 적도, 할 생각도 없었다.

"아저씨가 하고 싶은 일이 있었으면 그건 한국에서도 할 수 있었겠죠. 정말로 미국에 가서까지 하고 싶은 일이 있었다면 진즉에 가셨을 테고요."

"……."

"저도 딱히 바이올린이 너무 좋아서 이걸 하고 있는 건 아니거든요. 지금도 전 어떻게든 연습을 땡땡이 칠 궁리만 하고 있어요."

크리스가 손에 든 바이올린 케이스를 손바닥으로 툭툭 두드렸다.

"그래도 이걸 붙잡고 있는 건, 이게 제 밥줄이니까 그러는 거예요. 뭐, 저는 다행이 이쪽 일에 재능이 있었고, 덕분에 운 좋게 한국에 올 수 있었던 거예요. 이게 없었더라면 제 장래는 뻔하거든요. 할렘가 애들이 할 수 있는 일과 미래는 뻔할 정도로 불투명하고요."

박승환이 눈을 가늘게 떴다.

"할렘가……?"

"아, 못 들어보셨어요? 제가 살던 동네는 브룩클린 쪽 할렘가거든요."

"그건…… 미처 몰랐구나."

뭐, 할렘가 출신이라고 하면 나중에야 성공 스토리로 포장
도 할 수 있겠지만, 평소엔 남들에게 자랑처럼 떠들어 댈 이
야기는 아니니 한국에서 크리스가 할렘가 출신인 걸 아는 사
람은 극소수에 불과했다.

크리스가 어깨를 으쓱였다.

"괜찮아요. 신경 안 쓰니까요."

더군다나 전생의 흔적인지, 아니면 타고나길 그렇게 생긴
건지, 크리스는 일부러 그 출신을 밝히지 않고 옷만 잘 갖춰
입어도 곱게 자란 아가씨로 보일 여지가 다분했다.

특히 백하윤을 만나고, 한국에 들어와 한성아가 입던 백화
점 옷을 잔뜩 물려받아 입고 있는 지금은 자신이 할렘가 출
신이라고 말한 걸 박승환이 농담 취급하지 않은 것만으로도
대단할 정도였다.

그만큼 이는 박승환도 크리스가 애라고 그 말을 허투루 듣
고 넘기지 않고 있단 방증일 수 있겠지만, 크리스는 그런 세
심한 부분까지는 고려하지 않은 채 말을 이었다.

"어쨌건, 하고 싶은 일과 잘하는 일은 별개란 거예요. 저만
하더라도 여건이 되면 방에 틀어박혀서 게임만 하면서 살고
싶을 정도니까요."

"……"

"게다가 아저씨, 지금 하시는 일 잘하고 계시잖아요?"

크리스의 말에 박승환은 무슨 표정이라고 하면 좋을지 모를 복잡한 얼굴로 입을 뗐다.

"그렇게 보이니?"

"네. 오늘 일정만 하더라도 불과 몇 시간 전에는 예정에 없던, 갑자기 결정된 일이잖아요? 그런데도 스케줄을 조율하고 일정을 잡아낸 건 대단하다고 보는데요. 그건 분명 아무나 할 수 있는 일은 아닐 거예요. 뭐, 그런 업계 사정은 저보단 아저씨께서 더 잘 알고 계시겠지만요."

"……음."

진지한 얼굴로 생각에 잠긴 박승환을 보며 크리스는 '이걸로 박승환은 자신의 입장을 재고해 보겠지.' 하고 생각했다.

'아마 요 깜찍한 외모 때문이겠지만, 이번 생에 들어선 혹시 초능력이 생긴 건 아닐까 싶을 정도로 사람들은 내 말에 잘 넘어오더라고.'

크리스가 생각한대로 그간 지금껏 자신은 아버지의 그늘에 있을 뿐이라고 생각해 온 박승환은 크리스와 나눈 짧은 대화에서 그 마음에 어떤 깨달음의 씨앗 같은 것을 심은 듯, 그 무뚝뚝한 얼굴에 조금 생기가 맴돌았다.

'흥, 이제 좀 철이 들었나? 뭐, 여기까지 했는데도 안 된다면, 그건 그뿐이지……. 어라?'

그리고 뒤늦게 '내가 너무 애 같질 않았나?' 하는 자각에 다다른 크리스는 일부러 어린애 같은 무구한 미소를 지었다.

"아, 방금 말한 건 비밀이에요. 특히 제가 땡땡이 칠 궁리만 한다는 쪽은요."

박승환이 피식 웃었다.

"그래, 그러자꾸나."

"네. 혹시라도 선생님한테서 그 말이 나오면, 아저씨가 범인인 걸로 할게요."

"그건…… 좀."

"히히."

그렇게 대화는 크리스의 의도대로 화기애애하게 마무리되는 한편, 크리스는 미소 띤 가면 뒤로 쓴웃음을 지었다.

'……남한테는 잘난 듯 말하기는 했지만, 내가 그런 말을 해서야 누워서 침 뱉기군.'

남 말할 것도 없이, 전생의 자신이야 말로 가업이라고 할 삼광 그룹 후계자로서 책무를 방기했으니까.

이윽고, 오렌지족이 몰 법한 새빨간 스포츠카 한 대가 슥 미끄러지듯 크리스와 박승환이 서 있던 부지 주차장으로 들어왔다.

"으엑……."

차가 멈추자마자 뒷좌석 문이 열리며 장여옥의 매니저가 새파란 얼굴로 기어 나왔고, 조수석에서 웨이치가, 운전석에서는 장여옥이 차례차례 내렸다.

차에서 내리자마자 헛구역질을 하던 매니저는 장여옥을
돌아보며 바락바락, 광둥어로 소리를 질러 냈다.

"장여옥 씨, 두 번 다시는 여기서 운전하지 마세요!"

매니저의 말에 장여옥이 씩 웃었다.

"미안. 홍콩이랑 차선이 반대 방향인 걸 깜빡했어."

"그게 깜빡할 문제예요? ……에휴, 웨이치, 돌아가는 길에
는 당신이 운전하세요."

웨이치는 덤덤한 얼굴로 고개를 끄덕여 그 말을 받고선 장
여옥이 끌고 온 차를 제대로 주차하러 운전석에 올랐다.

크리스가 장여옥이 운전하는 차에 탑승하지 않은 것만으
로도 다행이라고 생각하는 사이 장여옥이 다가왔다.

"혹시 오래 기다리셨어요?"

장여옥의 말에 박승환은 그녀의 매니저를 애써 외면하며
—상황만 보면 중국어를 모르더라도 어떤 참극이 벌어졌는
지는 대강 알 수 있었으니—대답했다.

"아뇨. 저희도 이제 막 도착했습니다."

"그렇군요."

장여옥이 선글라스를 콧잔등 아래로 슬쩍 내리며 건물을
보았다.

"귀사는 이 건물에 있나요?"

"예, 그렇습니다."

"역사가 느껴지는 건물이군요."

'낡았다'는 걸 에둘러 표현하는 말이 아니라, 장여옥은 통통 프로덕션이 꽤 마음에 든 듯했다.

박승환도 장여옥의 말에서 그런 낌새를 느꼈는지 잔잔한 미소를 지었다.

"감사합니다. 그럼 안쪽으로 가시죠."

박승환과 매니저가 앞장서고, 장여옥은 크리스 곁에 바짝 붙으며 그녀의 어깨에 손을 툭 얹었다.

"크리스, 안녕."

"네, 안녕하세요."

인사를 받은 크리스가 장여옥이 매니저를 통해 전달한 메시지에 무어라 답을 할지 고민하는 사이, 장여옥이 목소리를 낮춰 슬쩍 물었다.

"그나저나 자기 회사여서 그런가, 미스터 박의 얼굴이 방송국에서 보던 것보다 더 좋아 보이는데?"

"그래요?"

"아니면 크리스가 뭔가 마술을 부렸거나."

"……."

꽤나 의미심장하게 들리는 말이었지만, 크리스는 시치미를 뗐다.

"만일 그렇게 보였다면…… 실은 저도 오늘이 미스터 박과 초면이었는데, 차를 얻어 타고 오면서 조금 친해졌거든요. 아마 그래서 그런 걸 거예요."

"흠."

장여옥은 잠시 생각하더니 씩 웃으며 크리스의 어깨를 툭툭 두드렸다.

"뭐, 좋아. 크리스의 생각이 그렇다면 그런 걸로 치자."

그리고 주차를 마친 웨이치가 다시 그림자처럼 그녀의 뒤를 따라붙자, 장여옥은 마치 웨이치에게 들으라는 듯 다시 목소리를 키웠다.

"크리스, 혹시 방송 촬영 전에 웨이치한테 무슨 말을 들었니?"

웨이치한테 보고를 들은 모양이면서 굳이 또 따로 묻는 걸 보면, 사람이 나쁘네.

크리스는 등 뒤의 웨이치를 의식하며 대답했다.

"웨이치 씨는 마담이 제안해 주신, 저를 홍콩에 초대하고 싶다는 말 외엔 별말 안 했어요."

"……그래?"

딱히 웨이치를 감싸려고 한 말은 아니었다.

"그런데 마담, 웨이치 씨랑 사적으로도 친하신가요?"

"왜 그렇게 생각하니?"

"그도 그럴게, 데리고 오신 다른 스태프들은 동행하지 않으셨는데, 매니저님이랑 웨이치 씨만 데리고 오셔서요."

말은 그렇게 했지만.

'웨이치는 장여옥의 평범한 보디가드로는 보이질 않거든.'

크리스는 장여옥과 웨이치의 관계가 일반적인 고용인과 피고용인 사이로 치부할 수만은 없는 것으로 보였다.

'그들끼리만 통하는 듯한 지방 방언을 구사한다는 점이나, 웨이치가 정황상 장여옥이 시키지도 않은 일을 한 점 등……. 여러 모로 수상한 구석이 많지.'

그러면서도 웨이치의 행동은 웨이치 본인을 위해서가 아닌, 장여옥에게 초점이 맞춰져 있었다.

'결국 어떤 의미에서는 말 그대로 장여옥의 그림자라고 할 법한 인간으로 보이는군.'

그러니 크리스는 웨이치의 행위에 솔직한 고백을 해서 그를 당장 적으로 돌리는 것보단 조금 사정을 두고 관찰하는 것을 택한 것이다.

'웨이치의 정체가 삼합회 측에서 심어 둔 감시 및 호위 역할인지, 아니면 동향 사람인지는 아직 알 수 없지만……. 웨이치를 괜히 적으로 돌릴 필요는 없어.'

크리스의 꿍꿍이속을 아는지 모르는지 장여옥은 빙긋 웃으며 크리스의 말을 받았다.

"어떤 의미에서는 '비공식'적인 일정이니까. 이런 일에 스태프 전원을 데리고 다니는 건 비효율적이잖니?"

그야말로 정론이었고 크리스도 고개를 끄덕여 동의했지만, 크리스는 내심 딱히 그래서만은 아닐 거라고 생각했다.

'웨이치도 후보에 넣고는 있지만……. 내 눈에는 그때 대기

실에 있던 대부분의 중국인들이야말로 삼합회 관계자로 보였거든.'

사실 따지고 보면 이번 장여옥의 방한 스케줄을 살펴보면 그렇게 많은 인원이 필요한 것도 아니었던 데다가, 그 중국인들에게선 방송 관계자라는 느낌이 전무했다.

'혹시 방한은 구실이나 빌미일 뿐이고, 실은 다른 꿍꿍이속이 있다거나?'

그도 그럴 것이 장여옥의 이번 형식상 방한 목적은 그녀의 신작 영화 홍보 차원에서 온 것이라는 게 정설이나, 정작 오늘 인터뷰에서도 장여옥은 그녀가 출연한 영화를 홍보하는 것보단 신변잡기적인 이야기를 하는 것에 열중하는 느낌이었다.

'만약 영화 관계사가 참석해 있었다면 그에 대한 당부도 했을 텐데, 그러지도 않았고.'

더욱이 장여옥이 출연한 이번 영화는 그녀의 커리어에서도 찾기 힘든 독립 영화, 대스타가 출연료를 도외시하고 예술성 있는 작품을 고르는 경우는 드물지 않지만 그런 독립 영화 홍보에 장여옥이 직접 방한까지 해 가며 마케팅을 할 예산은 나오지 않을 것이다.

'그러니 전생에는 이번 방한 자체가 없었고……. 아마 중간에 최서연이 무언가를 한 거겠지.'

다만, 문제는 그 점이었다.

전생의 크리스도 최서연과 만나 그녀를 알고는 있으나—그도 그럴 것이 그녀는 한때 여당 거물 정치인으로 이름이 드높았던 최갑철의 딸이니—지금 이성진이 엮인 것만큼 '직접적인' 관계는 없었다.

'더군다나 초등학생이던 시절엔 더더욱. 내가 최서연과 안면을 튼 것도 지금보다 나이가 더 든 뒤이니까.'

그래서 크리스는 이성진이 자신에게 말하지 않은 채 감추고 있는 비밀이 있다는 것과, 이번 생에서 최서연이 일치감치 이성진에게 접근한 이유도 그와 무관하지 않을 것이라 여겼다.

'문제는 한성진(이성진) 그놈이 내 몸으로 저질러 둔 일이 원체 많아서 어느 하나를 콕 짚어 특정하기가 힘들단 점이군.'

어쩌면 이런저런 걸 다 집어치우고, 장여옥이 말했듯 이번 생에 윤아름이 주연으로 나온 영화 〈우리들 이야기〉에 깊은 감명을 받아, '겸사겸사 리프레시도 할 겸' 영화 홍보를 빌미로 개인적인 욕망이나 채우러 온 걸지도 모른다.

'어쨌건 경계해서 나쁠 건 없겠지.'

이후 크리스와 장여옥은 '무해한' 이야기를 나누며 통통 프로덕션 사옥 건물로 들어섰다.

리모델링을 했는지 통통 프로덕션 내부는 겉에서 본 것보다 더 멀쩡하고 현대적이었는데, 박승환은 넓고 깨끗한 대기실에 그들은 안내했다.

"그럼 잠시만 기다려 주십시오. 밍메이 씨는 잠시 동행해 주시겠습니까?"

"예. 그럼 장여옥 씨는 잠시 대기실에서 휴식을 취해 주세요."

매니저 이름이 밍메이였던 모양이다.

박승환과 매니저가 대기실을 떠나 스튜디오를 점검하러 간 사이, 소파에 앉은 장여옥이 자신의 옆자리를 손바닥으로 툭툭 두드렸다.

"크리스?"

크리스가 곁에 앉자 장여옥은 크리스의 어깨를 살갑게 안아 주며 말을 이었다.

"그런데 크리스, 웨이치에게 무슨 말을 들었건, 내가 너를 홍콩에 초대하고 싶다는 말은 진심이란다."

크리스는 웨이치가 자신에게 한 일을 덮어 두려 했지만, 장여옥은 웨이치 본인에게서 크리스에게 무슨 말을 했는지 아는 눈치였다.

"크리스에게는 넘치는 재능이 있고, 나라면 크리스가 아티스트로서 대성하는 걸 전폭적으로 지원해 줄 수 있어."

장여옥이 크리스를 조금 힘을 주어 끌어안았다.

"크리스가 내 곁으로 와 준다면 나는 국제적인 콩쿠르에 나갈 수 있도록 지원하는 것은 일은 물론이거니와 훌륭한 선생님을 소개해 줄 거야. 어떻게 생각하니?"

사실, 예술가 입장에서 장여옥 정도의 거물 스폰서가 붙어
준다는 건 천재일우의 기회나 다름없다.

'심지어 몸을 요구하는 것도 아니고.'

나그네의 옷을 벗기는 건 북풍한설이 아니라 따스한 햇살
이라고 했던가.

크리스도 이번 생을 남부러울 것 없이 띵가띵가 놀고먹으며
살고자 했다면 군말 없이 장여옥의 제안을 받아들였으리라.

비록 그녀의 재능을 먼저 알아보고 거둬 준 은혜가 있기는
하나, 백하윤과 삼광 그룹의 지원을 받는 것보다는 장여옥 개
인의 후원을 받는 것이 몸과 마음이 더 편할 것은 분명했다.

'분명 장여옥이라면 내가 바이올리니스트로서 성과를 내지
않아도 그 지원과 애정을 끊지 않겠지.'

심지어 지금 장여옥은 크리스 자신을 배 속에서 잃어버린
자식의 대체물로 생각하고 있는 느낌마저 있지 않은가.

설령 대체물이건 아니건, 크리스 입장에 그 호의는 달가운
일이었다.

전생의 장여옥은 장년이 되도록 슬하에 자식이 없었으니,
이참에 차라리 입양을 노리면 그녀의 사후, 그녀가 벌어들인
유산을 상속 받는 것도 가능할지 모른다.

'……아마 한국에 오기 전의 나라면 그랬을 거야.'

만약 이성진의 몸에 들어있는 것이—전생의 상황을 기억
하건 하지 않건—오롯이 자신이었다면, 크리스는 이번 생의

이성진이 어떤 삶을 살아가게 되건 관여하지 않을 생각도 있었다.

'설령 그가 전생처럼 또다시 망나니로 지낼지라도……'

하지만 이번 생의 이성진을 만나고부터, 그리고 그 속에 들어 있는 것이 전생의 한성진이었다는 걸 알게 된 이후로는 생각이 바뀌었다.

더욱이 자신의 일로 한성진을 끌어들여 그를 죽게 만들고 말았다는 고백에는 더더욱.

'전생의 내가 죽은 건 그렇다 쳐도, 이번 생에서조차 그렇게 만들 수야 없지.'

전생의 자신을 죽인 것이 누구인지, 그리고 그 의도와 목적을 알 수 없는 이상 그 죽음은 어쩌면 또다시 필연적으로 찾아올지 모른다.

침묵이 길어서일까, 장여옥은 자신이 크리스를 너무 거세게 몰아붙이고 말았을지 모른다고 생각했는지 크리스의 어깨를 끌어안은 팔에 슬쩍 힘을 풀었다.

"아, 강요하는 건 아니야. 지금 당장 대답할 필요도 없고. 이건 크리스에게도 인생이 걸린 일이기도 하니까."

장여옥이 말을 이었다.

"물론 그런 게 아니더라도 가벼운 마음으로 놀러오기만 해도 좋아. 와서 보고 결정해도 늦지 않거든. 그도 그럴 게 크리스에게는 시간이 많이 있지 않니?"

장여옥은 미소를 유지한 채, 어조를 조금 진지하게 고쳤다.

"그래서 나는 크리스만 괜찮다면, 오늘 네 어머니를 만나 뵙고 차분하게 이야기를 나눠 보고 싶어."

장여옥은 이 제안이 너무 무겁지 않도록 배려하려는 양 농담조로 덧붙였다.

"그 과정에 크리스의 프라이버시는 침해하지 않을게."

역시 무슨 일이 있었는지 웨이찬에게 다 들었군.

별개로, 장여옥이 사람의 마음을 조이고 풀어 가며 구워삶는 솜씨는 일품이라고 생각했다.

'뭐, 좋아. 어쨌건 장여옥 밑으로 들어가지는 않더라도 그녀를 이용할 생각은 하고 있었거든.'

장여옥의 말에 크리스는 약간 시간 차를 둔 뒤 시무룩한 표정을 지었다.

"그래도 저희 어머니랑 이야기를 하시는 건 쉽지 않을 거예요."

그 말에 장여옥이 미간을 살짝 찡그렸다.

"역시 어머니가 많이 엄하시니?"

크리스는 고개를 저은 뒤 대답했다.

"아뇨. ……저, 실은 지금 엄마가 어디 있는지도 모르거든요."

장여옥이 눈을 동그랗게 떴다.

"응? 그게 무슨 말이니?"

"그게 말이죠."

크리스는 장여옥에게 자신이 어떻게 한국으로 오게 되었는지를, 가정환경이 어떻다는 것에서 출발해 그녀가 할렘가에 살던 시절 매기 할멈에게 바이올린을 배운 것(그녀가 가지고 있던 바이올린도 매기 할멈이 물려준 것이라는 점도), 돈벌이를 위해 길거리 음악가로 거리를 전전하던 내용과 클럽 하우스에서 악기 연주를 하게 된 것, 그러다가 운 좋게 CBS 미국 지부의 눈에 들었던 것과 거기서 인연이 닿아 백하윤과 만나게 된 내용을 이야기했다.

잠자코 크리스의 이야기를 들은 장여옥은 복잡한 표정으로 크리스를 위로해 주었다.

"그건…… 뭐라고 할지. 크리스는 네 나이에 겪기 힘든 일을 많이 겪고 있구나."

"아, 하지만 이제는 괜찮아요. 다들 제게 무척이나 잘 대해 주시고, 지금은 미세스 백의 집에서 지내면서 미국에 있을 땐 상상도 못 해 본 행복을 누리고 있거든요."

장여옥이 웨이치를 힐끗 쳐다보았다가 말을 이었다.

"크리스는 지금 미세스 백의 집에서 지내고 있어서, 계속 '보호자'라고 한 거구나."

"네."

크리스가 헤헤 웃으며 뺨을 긁적였다.

"뭐…… 일이 워낙 바뻐서 계속 저를 케어해 주시지는

못하지만요. 그래서 낮 동안에는 미세스 백의 회사에서 연습을 하거나, 오늘처럼 여기저기 의탁해 견학을 하곤 해요."

"……."

"그래도 덕분에 마담이랑 만날 수 있었으니까, 이것도 인연이겠죠?"

장여옥은 선뜻 대답하지 못하고 어색한 미소만 지어 보였다.

엄격한 부모님 아래서 영재 교육을 받은 것으로 생각한 크리스가 실은 불우하고 험난한 과거를 보냈다는 갭에 당황하고 만 것이리라.

"그렇기는 하지만……."

다만, 그 와중에도 장여옥은 크리스의 말에서 자신이 개입할 여지를 찾아냈다.

"나는 어째, 네가 빈 시간에 보호자의 케어를 받지 못하는 점이 마음에 걸리는구나."

물론 그것도 크리스가 의도한 대화 흐름에 그녀를 끌어 들인 것뿐이었다.

"걱정해 주신 건 감사합니다. 하지만 그것도 곧 한국에서 학교를 다니기 시작하면 괜찮아질 거예요. 그때부터는 미세스 백의 저택이 아닌 다른 후원자님의 저택에서 살기로 했거든요."

"후원자?"

"네. 삼광 그룹이라고 하는 한국에서 손에 꼽히는 대기업의 사장님 댁이에요. 그 댁 사모님이 미세스 백의 바이올린 제자였거든요."

"삼광 그룹……."

장여옥은 그 말에 잠시 생각하다가 고개를 들었다.

"아, 혹시…… 거기에 이성진이라는 소년 사장도 있지 않니?"

"어라, 마담도 이성진이랑 아는 사이예요?"

지금은 영어를 쓰고 있어서 이성진의 호칭에 굳이 '오빠'라는 표현을 더하지 않아도 되는 점은 편했다.

"아, 으응."

고개를 끄덕이며, 장여옥은 얼마 전 비공식적으로 요한의 집을 방문했을 때 거기서 만났던 소년을 머릿속에 떠올렸다.

오랫동안 대화를 나눠 보지는 않았지만, 이성진의 특이한 이력과 총기 넘치는 모습은 그녀에게도 강렬한 인상을 남긴 것이다.

"크리스는 그 소년(Boy)과 어떻게 알게 된 사이니?"

"언제 한번 그 집에 놀러 가서 하룻밤 묵은 적이 있거든요. 그때 만나서 친해졌어요."

크리스가 빙긋 웃으며 말을 이었다.

"아, 이성진은 윤아름이 속한 회사 소속사 사장이기도 하대요."

"그렇……구나."

그제야 장여옥은 크리스가 어떻게 이 자리에 와 있는 것인지 얼추 파악했다.

'그렇구나. 크리스는 지금 이미 삼광 그룹의 후원을 받고 있었어.'

동시에 장여옥은 직전에, 그간 크리스가 촬영 현장에 나난 것을 '부모가 시켜서' 인맥을 쌓으려 그런 것이려니, 오만하게 생각했던 것이 못내 부끄러워졌다.

만일 크리스가 그런 욕심 많은 부모 아래 있던 거라면 이런 저런 당근을 쥐어 주며 크리스를 데려올 자신이 있었던 것인데, 이미 선수를 빼앗기고 말았다.

'그렇기는 해도 나라면 좀 더…….'

크리스는 그런 장여옥에게 일어난 소소한 심경의 변화를 눈치채지 못한 척 천진하게 말을 이었다.

"그리고 그 집에는 이성진뿐만 아니라 저보다 어린 애들도 있더라고요. 뿐만 아니라 그 집에 고용된 운전기사의 남매도 같이 사는데, 그 댁 사람들도 그 애들과 마치 한 가족처럼 잘 지내는 모습이었어요."

방금 전까지만 하더라도 마음이 조금 흔들리는 정도에 그칠 뿐이었으나, 후속타로 그런 이야기까지 들었더니 반드시 크리스를 홍콩으로 데려가겠다는 장여옥의 마음가짐도 풀이 꺾이고 말았다.

결국에는 더부살이를 하는 처지라고는 하나 그건 크리스가 장여옥의 보호하에 들어오는 것과 크게 다르지도 않은 일일 뿐만 아니라, 그들이 크리스에게 자신 못지않은 지원을 아낌없이 해 줄 거란 생각이 든 것이다.

삼광전자, 나아가 삼광 그룹에 대해서는 그녀도 이미 조사를 한 적 있었다.

삼광 그룹은 한국에서도 손꼽히는 대기업일 뿐만 아니라 아직도 성장할 가능성을 남긴, 잠재력이 충분한 회사였다.

'더욱이 그 총명한 소년이 후계자라면…… 별다른 일이 없는 한 앞으로 더 성장할 일만 남았지.'

심지어 그 집은 크리스 또래의 아이들이 많이 있는 데다가 그들은 고용인의 자녀마저 차별 없이 품어 주는 도량까지 갖추고 있다지 않은가.

크리스 개인에게는 애정(모정)을 쏟아 줄 자신이 있는 장여옥이었지만, 설령 크리스를 설득해 홍콩에 있는 자신의 집에 데려오더라도 장여옥은 왠지 크리스가 고용인들만 가득한 텅 빈 집에서 쓸쓸히 시간을 보낼 것이 머릿속에 선명하게 그려졌다.

"좋은 집에 가게 되었구나, 크리스."

"네. 운이 좋았어요."

"그건 아니야."

장여옥이 쓸쓸한 표정으로 고개를 저었다.

"그야 어느 정도 운이 따랐다는 건 부정하지 않겠지만…….
그건 크리스의 인연(카르마)이기도 한 거야. 그리고 이는 크리
스가 노력해 얻어 낸 성과가 있었기 때문이거든. 그러니 자신
감을 가져."

하지만 쓸쓸한 표정 가운데에서도 장여옥의 얼굴에는 안
도감이 묻어나 있었다.

"물론 너라면 거기서도 잘 지내겠지만."

카르마를 운운하는 걸 보니 불교에 심취해 있다는 정보는
사실인 모양이라고 크리스는 생각했다.

'뭐, 카르마가 업보라는 의미로도 해석이 가능하다는 점에
서는 장여옥의 표현이 그대로 맞아떨어지는군.'

그렇게 크리스는 장여옥이 자신을 유괴(?)하려는 계획을
포기한 것을 확인하기는 했지만, 그렇다고 이번 '인연'을 이
대로 저버릴 생각까지는 없었다.

"감사합니다, 마담."

"아니야, 뭘."

"하지만 제게 해 주신 제안은 정말 마음 깊이 감사드리고
있어요. 만약 제게 달리 보호자가 없었더라면, 저는 마담의
제안을 기꺼이 받아들였을 거거든요."

크리스의 말에 장여옥은 빙그레 미소 지었다.

"그러니?"

"네. 다만……."

크리스는 일부러 표정을 어둡게 하며 말끝을 흐렸다.

"왜? 말해 보렴."

"별로 좋은 이야기는 아니에요. 부끄럽기도 하고요."

"괜찮아. 우리 사이잖니?"

크리스는 한참 동안 망설이는 기색을 보이곤 조심스럽게 고개를 끄덕였다.

"알겠어요. 그럼……."

크리스는 한숨을 내쉰 뒤, '하는 수 없이' 대답했다.

"저는 엄마를 찾고 싶어요. 그게 제 목표거든요."

그 고백에 장여옥이 움찔했다.

"엄마를?"

"네. 저를 버리고 사라진 엄마 말이에요."

크리스가 대답을 이어 갔다.

"제가 길거리 공연을 한 것도 길에서 엄마를 찾을 수 있을 거란 기대 때문이었고, 미국에 있을 때 방송 출연을 결심한 계기도 그거였어요. 제가 방송에 나가면 엄마도 저를 찾아 주지 않을까 하고 생각했거든요."

원래는 주식 투자용 시드머니나 벌어 볼까 싶어 나간 방송이었지만, 아무렇지도 않게 거짓말을 한 크리스는 쓸쓸한 표정을 지었다.

"하지만 그런 일은 일어나지 않았어요. 그때도 엄마는 저를 찾지 않았죠. 어쩌면 한인들을 대상으로 한 조그만 케이

블 방송이어서 미처 못 본 걸지도 모르고, 엄마가 저를 찾아
올 만큼 대단하지 않아서였을지도 몰라요."

"⋯⋯."

"하지만 그때 미세스 백이 제 존재를 알고 한국에서 직접
저를 찾아왔어요. 그때, 저는 생각했어요. 엄마는 혹시 한국
에 있는 것이 아닐까, 하고⋯⋯."

크리스가 말을 이었다.

"엄마는 한국인이에요. 제 한국어 실력도 엄마에게 물려받
은 거고요. 그러니까 만약 미국에 없어서 저를 몰랐던 거라
면, 제가 한국에서 유명해지면 저를 찾지 않겠어요? 설령 미
국에 있더라도⋯⋯ 엄마는 아마 분명 좋건 싫건 한국에서 나
오는 정보에 귀를 기울이고 있겠죠. 제가 만난 한인들은 한
국에서 벌어지고 있는 일에 관심이 많았으니까요."

"⋯⋯."

"그래서 저는 미세스 백의 제안을 받고는 망설임 없이 한
국행을 택한 거예요."

크리스의 말을 들으며 장여옥은—웨이치가 전한—크리스
가 '갖고 싶은 것'과 그러면서 그녀가 밝히지 않은 '프라이버
시'의 의미를 알게 되었다.

'확실히, 그건 물질적으로 충족될 수 없는 결핍이지. 그리
고 이 아이가 홍콩이 아닌 한국을 택한 이유도⋯⋯ 그런 거
였구나.'

장여옥이 잔잔한 미소를 띠며 크리스의 머리를 쓰다듬었다.

"그러면 엄마를 다시 만나고 싶다는 그 바람이 크리스의 목표였던 거구나."

"네. 조금 부끄럽지만요."

넘치는 재능과 어른스러운 면모에 깜빡했지만, 크리스는 아직 모성이 그리운 어린아이에 불과하다는 걸 미처 생각하지 못했다며 장여옥은 반성했다.

"부끄러워 할 거 없어. 훌륭한 목표야."

"고맙습니다, 마담."

"엄마가 많이 보고 싶니?"

크리스가 고개를 저었다.

"아뇨, 그런 건 아니에요. 이제는 얼굴도 별로 기억나질 않는걸요."

사실은 얼굴도 기억나지 않는다는 게 아니라, 얼굴 자체를 모른다.

"저는 그냥, 엄마를 만나서 왜 저를 버리고 갔는지 물어보고만 싶을 뿐이에요. 그리고 보란 듯 성공해서……."

지어낸 설정이기는 해도, 여기서 '여봐란 듯 복수하고 싶었다'고 말하려던 크리스는 '아니 여기선 착하고 장한 아이를 연기하는 편이 수월하겠군.' 하고 생각해 표현을 정정했다.

"……저는 잘 살고 있으니까 걱정하지 말라는 말을 해 주고 싶어요."

어차피 거짓말인데, 뭐라고 말하건 무슨 상관이랴.

기억에도 없고, 얼굴조차 모르는 피가 이어졌을 뿐인 이번 생의 부모에 대해 크리스는 전혀, 아무런 감정도 들지 않았다.

'특히 모친의 경우 죽었는지 살았는지도 모르는걸. 아니 나중에 귀찮아질지도 모르니 차라리 어디서 죽어 나자빠져 있으면 바랄 게 없겠군.'

그리고 그게 장여옥의 감성을 정확하게 건드리고 만 것일까.

장여옥은 그 눈가에 눈물이 그렁그렁 맺히더니 황급히 고개를 돌려 손수건으로 눈가를 찍어 냈다.

"그렇구나."

장여옥이 코를 훌쩍였다.

"정말, 정말로 장한 아이야."

그 뒤 장여옥은 크리스가 알아들을 수 없는 중국 방언을 중얼거리곤 다시 영어로 말을 이었다.

"꼭 그렇게 됐으면 좋겠다. 그렇게 빌어 줄게."

"감사합니다."

크리스는 방긋 웃으며 말한 뒤, 몸을 비비 꼬았다.

"저, 마담. 이건 마담밖에 들어줄 수 없는 부탁인데요.……부끄러운 이야기지만 부탁 하나만 해도 될까요?"

"그럼, 얼마든지. 내가 해 줄 수 있는 거라면 뭐든 들어줄

게.”

“그러면…….”

크리스가 고개를 푹 숙였다.

“한 번만이라도 좋으니까, 마담을 엄마라고 불러 보아
도…… 될까요?”

게임 용어로 말하자면, 크리티컬 히트였다.

크리스의 조심스러운 부탁에 장여옥은 눈물을 왈칵 쏟으
며 크리스를 와락 끌어안았다.

“그럼, 물론, 해도 되고말고. 몇 번이고 그렇게 부르렴.”

“어, 엄마?”

“아, 아아…….”

장여옥은 크리스가 부서져라 끌어안으며 중국어로 된 단
어 하나를 연신 중얼거렸는데, 그건 아마 그녀가 배 속의 아
이에게 지어 주었던 이름이 아니었을까.

그러거나 말거나.

‘쉽구먼.’

크리스는 장여옥의 품에 안긴 채로 씩, 입매를 비틀었다.

크리스의 (아직 나이가 나이다 보니 그렇게 긴 인생사는 아니지만)과거
사까지 포함해 이야기를 했음에도 불구하고 매니저와 박승
환과 복귀하지 않는 걸 보아하니, 일부러 자리를 피한 것일
터이다.

‘아마 매니저가 그러자고 했겠지.’

어쨌건 그 덕분에 장여옥이 울었던 흔적도 가라앉을 시간 동안 장여옥과 크리스는 화기애애한 얼굴로 잡담을 주고받으며 정을 쌓았다.

'물론 그 와중에도 웨이치 저놈은 그림자처럼 의식하지 않으면 있는지 없는지도 모르게 있단 말이야.'

매니저가 돌아온 건 그 뒤로 장여옥의 요청에 바이올린 곡을 두 곡 정도 연주하고 난 뒤였다.

"늦어서 죄송해요."

매니저의 중국어에 장여옥은 들으란 듯 영어로 답했다.

"아니야, 덕분에 크리스랑 더 친해질 수 있어서 좋았어."

그러며 장여옥은 크리스에게 살짝 윙크까지 해 보였다.

크리스가 못 알아듣는 말은 하지 않겠다는 의미이리라.

'뭐, 그 정도 중국어는 알아듣지만.'

매니저는 슬쩍 눈치를 살피곤 영어로 바꿔 말했다.

"그렇다고 하시니 다행이네요. 이제 막 SJ엔터테인먼트 측 인원들이 합류했습니다. 그쪽에서 전담 코디네이터를 데려왔으니, 이번 무대 화장은 그쪽 도움을 받는 걸로, 괜찮죠?"

"응, 상관없어. 그럼 크리스, 다녀올게. 이따가 봐."

장여옥은 매니저의 말이 끝나자마자 망설임 없이 그 뒤를 따랐다.

'프로답게 온 오프 전환이 확실하군.'

이번에는 웨이치도 따라가지 않고 사무실에 남아서, 크리스는 그가 무어라 말을 건넬 것이라 생각했다.

"……."

그런데 정작 웨이치는 명상이라도 하는지 소파에 가만히 앉은 채로 있을 뿐이어서, 크리스는 조금 어색한 공기를 느꼈다.

'저놈, 아까는 말 잘하더니.'

이대로 망부석과 한 공간에 가만히 있는 건 적성이 아니었던 크리스는 회사 구경이나 할까, 하고 주섬주섬 바이올린을 정리하기 시작했다.

"저, 그러면 이만……."

"잠깐만."

웨이치가 문득 말을 걸었다.

"네?"

웨이치는 막상 말을 걸어 놓고서는 뜸을 들이며 주저하다가 다시 말을 이었다.

"혹시 아까 방송국에서 연주했던 곡……. 한 번 더 들려줄 수 있겠나?"

짐 노페디 말인가? 어려울 건 없지.

'원래는 돈 받고 연주를 해야 하는 건데. 나도 참 성격 많이 좋아졌다.'

크리스가 빙긋 웃었다.

"그럼요."

그리고 웨이치는 지그시 눈을 감고 크리스가 연주하는 곡을 감상했다.

'흠, 이 곡에 뭔가 추억이라도 있나?'

어쩌면 그 추억이라는 것이 장여옥과 공유하고 있는 기억일지도 모르겠다고, 크리스는 생각했다.

연주가 끝나고 웨이치가 크리스에게 꾸벅 고개를 숙였다.

"고맙다."

"아뇨, 뭘요. 신경 쓰지 마세요."

기분 탓일지도 모르지만, 왠지 웨이치의 무표정해 보이는 얼굴에 희미한 미소가 떠올라 있는 거 같았다.

"이 곡을 좋아하시나 봐요?"

이 기회에 슬쩍 물어보니, 웨이치는 그 기분 탓일지 모를 희미한 미소를 지우며 무표정한 얼굴로 답했다.

"지금은."

"옛날에는 별로 안 좋아하셨나 보네요?"

"……."

웨이치는 잠시 침묵 뒤 다시 입을 열었다.

"어릴 때는 그 느리고 답답한 데다 졸리기까지 한 그 곡조를 별로 좋아하지 않았지."

이제 더 이상 볼 사이가 아니라고 판단한 걸까, 아니면 크리스의 연주가 그 마음마저 녹이고 만 걸까.

웨이치는 그답지 않게 거기서 그치지 않고 말을 이어 갔다.

"지금 와서도 내 취향인 곡은 아니야. 다만 이제는 그 곡이 예전의 그 시절을 떠올리게 하는 촉매가 되어서 나를 과거의 향수에 젖게 만드는 모양이군."

거, 꽤나 시적인 표현까지 쓰시는군.

"뭐, 네가 그 곡명을 말해 주기 전까지는 나도 그런 시절이 있었다는 걸 깜빡하고 있었으니까. 아마 장여옥은 나보다 그 감흥이 더 컸을 거라고 본다."

"그러셨군요. 상당히 옛날 일인가 보네요."

웨이치는 흠, 하고 짧은 한숨을 내쉰 뒤 말을 이었다.

"내가 마지막으로 들은 건 아마 장여옥이 딱 너만 할 때였을 거다. 그러니까……."

그러고 웨이치는 적당한 표현을 찾는 듯 고민하다가 고개를 저었다.

"장여옥의 어머니가 취미로 피아노를 쳤거든."

"마마(Mama)의 마마께서요?"

방금 전 장여옥에게 '엄마라고 불러도 될까요?' 하는 부탁을 한 뒤로 크리스는 그 호칭을 마담에서 마마로 정정했는데, 웨이치는 그 호칭을 다시 듣는 순간 미간을 움찔했다.

"그 표현은…… 가능하면 장여옥과 단둘이 있을 때만 하면 좋겠군."

"죄송해요."

"아니, 불쾌한 게 아니라……."

웨이치는 어린애를 상대로 무슨 말을 해야 할지 몰라 망설이다가 한숨을 내쉬었다.

"아무튼 그런 게 있어."

"……네."

"하지 말라는 게 아니야. 단둘이 있을 때만 그렇게 하라는 거지."

웨이치가 조금 떨떠름해하는 얼굴로 말을 이었다.

"아무튼 아까 전 질문에 대답하자면, 그래. 뭐, 어디까지나 취미 수준이고, 악기는 다르지만 지금 너보다도 실력은 부족했을 거야. 그럼에도 그녀는 피아노를 곧잘 즐겨 연주했어."

장여옥의 모친이라.

정확한 나이는 가늠할 수 없지만 장여옥의 현재 나이에서 얼추 평균을 잡아 역산해 보았다.

'펄 벅의 소설 〈대지〉에 나오는 주인공 왕룽 정도가 장여옥의 조부뻘이겠군. 그렇게 보면 지금 기준으로 꽤 최근 일이란 생각이 드는걸.'

그리고 장여옥의 친가는 그 시절에 집안에 피아노를 들여놨을 뿐만 아니라, 그걸 취미 삼아 쳤을 정도로 부유했던 집안인 듯했다.

'게다가 짐 노페디라…… 내 기억이 맞는다면 그건 19세기 말에 나온 곡이니, 그 시대에선 나름 최신이려나.'

어쩌면 당시 유럽 등지로 유학을 다녀왔거나, 그 시절에 호화 귀중품 취급받던 축음기가 집에 있었던 걸지도 모르겠다.

'거, 대단한 부잣집 아가씨셨군. 그 시절 우리 집안도 남들에 비하면 꽤 잘산 편이지만, 그에 비할 바가 아닐 정도겠어. 다만…….'

당시 세계 어느 곳이나 마찬가지였고 한국 역시도 그러했지만, 중국 근현대사를 생각하면 그 시절 중국은 그야말로 격동의 시기였다.

'특히 그 시절을 겪으며 명망 있는 가문들이 어떻게 되었는가 하는 건 익히 알려질 대로 알려진 바지.'

소위 〈마지막 황제〉로 잘 알려진 푸이(溥儀, 1906~1967)조차 말년에는 식물원 정원사로 일하다가 암에 걸려 제대로 된 치료조차 받지 못하고 그 한 많은 생을 마쳐야 했으니, 장여옥의 부유한 친가도 그 시대의 흐름에 휘말리고 말았으리라.

'다만, 어쨌건 그렇다고 하면 그 내용은 장여옥의 공식 프로필과 꽤나 큰 갭이 있군.'

세부적으로 알려진 바는 아니나, 장여옥은 홍콩 출신으로 평범한 가정에서 자랐다는 식으로 되어 있다.

'하지만 웨이치와 둘이서만 알아듣는 지방방언을 구사하는 걸로 봐선……. 흠.'

장여옥의 '홍콩 태생'이라는 프로필은 거짓일 것이고, 원래는 어느 지방에서 꽤 알아주는 부유한 집안의 여식이었을 것이다.

'공산당이 집권하고 난 뒤, 홍콩으로 도망쳐 자리를 잡았겠지. 이건 다소 공교로운 이야기이긴 한데, 삼합회도 그렇게 홍콩과 마카오 등지에 자리를 잡았고 말이야.'

크리스는 그런 분석을 내색하지 않은 채 고개를 끄덕였다.

"그러면 웨이치 씨는 마담과 어릴 때부터 알고 지내던 사이였나요?"

"그런 셈이지."

그런 질문이 나올 거라는 것을 예상하고 있었다는 투였다.

"그런데 마담의 어머니께서 취미로 연주하는 피아노를 들었을 정도면, 집에 놀러 갈 정도로 많이 친하셨나 봐요."

하지만 이번 질문은 약간 사각이었는지, 대답 타이밍이 조금 늦었다.

"……비슷해."

흐음, 그건 장여옥의 집에서 그 모친이 연주하는 피아노를 들을 정도이긴 하지만 그 집에 '놀러 갈' 정도로 친하다는 건 아니란 의미일까?

그러잖아도 장여옥과 웨이치 사이의 관계를 유심히 관찰하던 크리스는 둘이 어떤 사이인지 대강 알 것 같았다.

'웨이치는 아마도 몰락하기 전 장여옥의 집안에 고용된, 혹은 고용인의 자식이었겠지.'

둘 사이에서는 그 어떤 남녀상열지사의 낌새는 전혀 느껴지지 않은 반면에, 어딘지 어색한 남매 사이 같으면서도 동시에 상하관계가 뚜렷한, 복잡 기묘한 느낌이 들었던 것이다.

"아무튼 간에."

웨이치가 어조를 바꿔 말을 이었다.

"네 덕분에 나나 그녀나 잠시나마 위로가 되었다. 그 점에 감사하고 싶군."

크리스가 빙긋 웃으며 그 인사를 받았다.

"아뇨, 뭘요."

"그리고 아까처럼 너를 설득해서 홍콩에 데려가고자 한 건 취소하겠지만, 단순히 놀러오는 건 환영이야."

"네."

웨이치가 주머니를 뒤적여 명함을 꺼내더니 크리스에게 건넸다.

"아마 나중에 장여옥도 너한테 따로 개인 연락처를 주기는 하겠지만, 우선 내 개인 연락처다. 만약 홍콩에 올 일이 있다면 그녀보다는 내게 먼저 연락을 해 주면 좋겠군."

"네, 감사합니다."

장여옥에게 어떤 비밀이 남아 있고, 그런 장여옥을 그림자처럼—심지어 어릴 때부터 알고 지낸 사이인—따라 다니는 웨이치는 그런 것들을 잘 알고 있겠지만…….

'뭐, 그렇다고 이 이상 꼬치꼬치 캐물을 필요는 없겠지.'

장여옥과는 그 인맥을 유지한 채 그 집착을 깔끔히 잘라 낼 수 있었고, 일이 해결된 지금 와서는 장여옥의 과거야 어쨌건 아무래도 상관없는 일이려니 생각했다.

'어차피 남의 일이고, 과거는 과거일 뿐이니까.'

물론 그 과거에서 비롯한 것들을 생각하면 전생에 장여옥이 왜 그런 행보를 택했는가 하는 점에 고개를 끄덕이게 되는 건 있다만.

'설령 이 관계가 계속 유지되면 모를까 심지어 물 건너 외국 땅에 사는 사람인걸. 자고로 몸이 멀어지면 마음도 멀어지는 법이니까.'

하지만 그런 장여옥은 둘째 치고, 웨이치의 개인 연락처를 손에 넣은 건 꽤 중요했다.

'내 생각이지만……. 아마 웨이치는 장여옥과 삼합회 사이에서 어떤 교두보적인 역할을 하고 있을 거야.'

어느 정도는 직감에 근거한 것이기는 하나, 웨이치에게선 음지에 있는 인간 특유의 위험한 냄새가 물씬 풍겨 왔으니까.

그리고 만일 자신이 무언가를 하게 된다면, 그건 장여옥보다는 그 곁에 그림자처럼 붙어 있는 웨이치를 통해 하게 될 것이다.

'그렇다고는 해도, 어쩌면 써먹을 유통기한은 얼마 안 될지도 몰라.'

그는 양지로 나올 일이 없는 장여옥의 그림자이니 전생의 그가 어떤 생을 살았는가는 알 수 없지만, 그녀가 홍콩을 떠나 할리우드로 넘어간 뒤로는 웨이치와도 연이 끊어졌을 거란 생각이 들었다.

'특히 장여옥이 할리우드로 가며 삼합회와 결별을 하게 되었다면, 웨이치의 생은 별로 좋은 결말을 맞이하지 못했을지도 모르고.'

그렇다고는 하나, 그들과 삼합회 사이의 연관성을 떠올리고 난 뒤부터 크리스는 머릿속에 그림을 구상한 채였다.

'잘만 하면 이쪽을 통해 나대신 움직여 줄 유령인간을 하나 만들어 볼 수도 있을 거 같거든.'

그렇다고 그들을 계획에 끌어들이고자 '솔깃한 이야기'를 던져 주면 어린애 신분에 수상하기만 할 뿐이니, 어떤 식으로 이야기를 풀어가 볼지 그 구실을 생각해 보긴 해야겠지만 말이다.

5장

　윤아름이 한 말마따나 방준호 감독은 만사 제쳐 두고 스튜
디오로 달려왔다.

　제아무리 이 시기에는 내리막을 걷는 중이라지만 홍콩 영
화계가 한국 영화산업에 끼친 영감과 영향력은 결코 무시할
수 없는 것이었고, 그 선두에 서 있던 장여옥은 뭇 영화인이
라면 누구나 만나고 싶어 할 뮤즈였던 것이다.

　"팬입니다."

　장여옥을 만나자마자 뱉은 방준호 감독의 첫마디가 그랬
으니, 그에게도 장여옥의 존재는 각별했던 모양이었다.

　"고마워요. 저도 감독님 팬이에요."

　장여옥은 당황하지 않고 웃으며 그 인사를 받았다.

"감독님의 〈우리들 이야기〉 감명 깊게 보았거든요."

"영광입니다."

영어로 진행되는 대화였지만, 가운데 낀 윤아름도 뉘앙스를 통해 어떤 분위기인지는 아는 눈치였다.

"그럼 녹화 들어가겠습니다. 3, 2, 1……. 큐!"

현장 스태프의 큐 사인과 함께, 3자 인터뷰가 시작되었다.

갑자기 잡힌 일정이었음에도 불구하고 인터뷰는 잘 진행되었다.

아니 잘 진행되었다고 해야 할까, 방준호의 질문은 예리하고 날카로웠으며, 예의를 지키는 와중에도 홍콩 영화 산업의 몰락에 관해 직설적으로 문제 제기를 던지기도 했다.

장여옥 역시도 방준호의 질문에 깊이 있는 대답을 내놓으면서 방준호에게 한국 영화계의 전망을 묻기도 하였다.

'그렇다고는 하나…… 이거, 나중에 꽤나 편집되겠군.'

이 중에 두 사람이 나누는 영어로 된 인터뷰를 알아듣는 사람은 손에 꼽을 정도였지만, 매니저는 안절부절못하며 연신 양팔을 교차해 X자를 표시해 댔고, 박승환도 떨떠름한 얼굴이었으니…….

'영화인들에게 이 인터뷰 원본 영상은 꽤 큰 자산으로 남겠지만, 한동안은 그럴 일도 없겠어.'

그렇게 인터뷰는 윤아름이 가운데에 자리를 잡고는 있었으나 방준호와 장여옥 사이의 일방적인 문답으로 진행된 끝에 '두 사람만' 화기애애한 분위기 속에서 촬영을 마쳤다.

"언젠가 방 감독님 영화에 출연하게 되는 날을 손꼽아 기다리겠습니다."

"그렇게 해 주신다면 영광이죠."

처음에는 통역가를 구하지 못해 어떻게 되나 걱정한 것을 생각하면 방준호의 영어 실력이 꽤 괜찮았던 덕을 본 셈이었다.

"휴우."

윤아름이 얼굴 근육을 풀며 생수병을 벌컥벌컥 들이켜는 와중에도 두 사람은 따로 대화를 계속 이어 갔다.

"방 감독님, 혹시 염두에 두고 계신 차기 작품이 있나요?"

"여러 개 있기는 한데…… 배경이 너무 한국적이어서 장여옥 씨가 나올 기회는 당분간 없을 거 같습니다."

"그거 조금 아쉽네요."

그 바람에 윤아름은 혹시 아직 촬영 중인가 싶어 멈칫했을 정도였다.

"방 감독님, 하실 말씀이 아직 남으신 거 같은데…… 혹시 인터뷰를 더 하실 예정이면 테이프 갈고 테이크 넘어갈까요?"

박승환의 질문에 방준호는 멋쩍은 얼굴로 머리를 긁적였다.

"아, 죄송합니다. 좀처럼 없던 기회이다 보니 계속 욕심이 나서요. 하하하."

말은 그렇게 하지만 방준호는 장여옥과 시간을 더 오래 보내고 싶은 마음이 물씬해 보였다.

"무슨 이야기를 나누신 건가요?"

장여옥의 질문에 방준호가 웃으며 대답했다.

"아뇨, 별거 아닙니다. 전무님께서 혹시 이대로 인터뷰를 더 진행할 건가, 하고 물어보셔서요."

"저는 상관없는데요."

매니저가 텀블러를 들고 와서 슬쩍 끼어들었다.

"죄송하지만 저희는 다음 촬영 스케줄도 있어서요."

매니저로서는 업계인으로서 장여옥이 자신의 입장을 내려놓고 홍콩 영화계의 명암에 대해 솔직한 이야기를 늘어놓은 것이 못내 살얼음판을 걷는 기분이었던 듯했다.

"아, 이거 죄송합니다."

장여옥은 매니저에게 사과하는 방준호를 보며 빙긋 웃더니, 매니저에게 광둥어로 무어라 말했고, 매니저는 내키지 않는 얼굴로 하는 수 없이 명함을 꺼내 방준호에게 건넸다.

"이건……?"

"제 개인 연락처예요."

장여옥이 대신 답했다.

"사실 한국에서 체류 일정은 이제 얼마 남지 않아서……. 언젠가 홍콩에 오실 일이 있거나 제가 출연할 작품이 완성되면 연락 주세요."

그녀가 방준호 감독의 영화에 출연하고 싶다고 한 건 빈말이 아니었던 듯했다.

방준호는 얼떨떨한 얼굴로 공손히 명함을 받아 들었다.

"아……. 예. 꼭 그러겠습니다."

"네."

그러다가 크리스와 눈이 마주친 장여옥은 그녀를 향해 손짓했다.

"크리스, 잠깐만 여기로 와 볼래?"

"아, 네."

크리스는 쪼르르 장여옥에게 다가갔고, 장여옥은 그대로 크리스를 뒤에서 끌어안으며 그녀를 방준호에게 선보였다.

"감독님, 여기는 크리스라고 제 딸이에요."

그 말에 옆에 있던 매니저는 벙한 얼굴이 됐고, 방준호는 영문 모를 얼굴로 크리스를 보았다.

"예? 따님이라고요?"

"크리스, 인사해야지."

거참, 팔불출이 다 됐네.

크리스는 속으로 쓴웃음을 지으며 방준호에게 한국말로 인사했다.

"안녕하세요, 크리스티나 밀러라고 합니다."

"어? 한국어?"

"네. 그리고 장여옥 씨가 방금 하신 말씀은 신경 안 쓰셔도 돼요."

이어진 크리스의—장여옥이 자신을 딸처럼 대해 준다는—설명을 듣고서 사정을 알게 된 방준호가 웃음을 터뜨렸다.

"그런 거였구나. 아, 내 소개는…….."

"괜찮아요, 아름 언니에게 말씀도 많이 들었고, 아까 촬영 구경도 했거든요."

방준호는 크리스가 나이에 비해 똘똘한 대답을 한 것이 마음에 든 모양이었다.

크리스를 찬찬히 살핀 방준호가 고개를 끄덕였다.

"혹시 아역 배우니?"

"아뇨, 저는 그냥 아름 언니 따라 구경 왔을 뿐이에요."

"그래? 왠지 연기도 하면 잘할 거 같은데."

빙그레 웃으며 둘의 이야기를 지켜보던 장여옥이 슬쩍 끼어들었다.

"크리스는 바이올린을 잘해요. 언제 그쪽으로 쓰실 일이 있으면 찾아 주세요."

거참, 이제는 영업까지 대신해 주는 건가.

방준호가 빙긋 웃었다.

"하하, 예. 언제든 고려하겠습니다."

물론 방준호는 장여옥의 말을 반쯤 농담 취급하고 있었지만.

"혹시 장여옥 씨네 소속사니?"

그런 방준호도 척 보기에 장여옥이 크리스를 아끼는 것이 눈에 보여서 마냥 홀대하지 않고 예의상 그렇게 물었다.

"아뇨, 저는 딱히 그런 쪽이 아니에요. 최소한 아직은 바이올린으로 밥 벌어먹고 살 예정도 없고요."

"그래?"

크리스를 장여옥이 밀어주는 차기 스타쯤으로 생각하던 방준호는 의아해했고, (영어를 몰라)잠자코 있던 윤아름이 끼어들었다.

"크리스 얘, 장여옥 씨랑은 오늘이 초면이에요. 정말, 언제 그렇게 친해졌담."

"엥? 그래?"

"네. 오히려 관계가 있다고 하면 저희 쪽이에요. 크리스는 성진이네 쪽에서 보살피고 있거든요."

"아, 성진이가?"

"정확히는 바른손레코드의 백 대표님이 보호자세요. 어쨌거나 성진이가 관여하고 있는 건 사실이에요. 성진이가 아는 사람이 미국에서 얘를 발굴해 냈거든요."

크리스의 말에 방준호는 흥미롭다는 듯 고개를 주억거렸다.

"발굴했다면, 바이올린?"

"바이올린 신동이라나봐요. 저는 아직 들어 본 적 없지만요."

"그 정도야?"

한국어를 몰라도 눈치껏, 지금 크리스의 바이올린 솜씨에 대한 이야기를 나누고 있을 거라고 생각한 장여옥이 자연스럽게 끼어들었다.

"크리스의 바이올린 솜씨는 제가 보증하죠. 객관적으로 말해서, 지금도 프로 수준이에요."

"그렇……습니까?"

"네. 이 애의 연주에는 무엇보다도 사람의 마음을 움직이게 하는 힘이 있거든요. 방 감독님도 지금 크리스와 안면을 터 놓으면 두고두고 도움이 될 거예요."

이 상황을 긴가민가해하는 방준호와 자신만만하게 보증을 서는 장여옥을 보며, 크리스는 속으로 쓴웃음을 지었다.

'이러는 이유는 알겠지만, 쓸데없는 친절이군.'

장여옥도 괜히 딸(?) 자랑이나 하려고 크리스를 여기 부른 것은 아니었다.

장여옥은 방준호를 보고 언젠가 그가 재능을 개화할 날이 올 것임을 내다보고 있었으며, 동시에 그런 방준호가 자신의 작품에 크리스를 조연, 아니 단역으로라도 기용해 준다면 크리스가 친모를 찾는 것에 한 걸음 더 가까워질 거란 생각에 없는 자리까지 만들어 친절을 베풀고 있는 것이었다.

'마음은 고마운데 말이야.'

장여옥이 크리스에게 윙크를 하며 말을 이었다.

"아, 크리스를 제 딸 역할로 배역을 만들어 주시면 출연료는 안 받을게요."

"하하……."

그러고 있으려니 윤아름이 크리스에게 귓속말로 물었다.

"두 분, 무슨 이야기 중이셔?"

"별거 아니에요. 장여옥 씨가 제 바이올린을 좋아해 주셔서, 그런 쪽에 쓸 일이 있으면 저를 써 달라는 말씀을 하고 계시거든요."

"……흐응. 그래?"

고개를 끄덕인 윤아름이 방준호에게 말했다.

"그러면 잘됐네요. 이참에 크리스의 연주를 들어 보는 건 어때요?"

"응?"

"저도 크리스의 바이올린 솜씨를 보고 싶기도 하고요. 물론 감독님만 괜찮으시다면……."

방준호가 고개를 끄덕였다.

"나도 상관없어. 크리스, 괜찮겠니?"

쩝, 이럴 생각은 없었는데.

하지만 어떤 의미에서는 이 상황도 자신이 자초하고 만 일이기도 해서, 크리스가 마지못해 고개를 끄덕이려는 찰나…….

"아, 여기들 계셨군요."

천희수가 핸드폰을 손에 든 채 허둥지둥 다가왔다.

"촬영이 끝났다고 들었는데 찾아도 안 보이셔서……. 아름아, 혹시 아직 조금 남았어?"

윤아름이 쓴웃음을 지었다.

"아뇨, 끝났어요. 죄송해요."

"아니야, 뭘. 응당 그쪽 사정을 우선시해야지. 하하."

다함께 크리스의 바이올린을 듣고자 한 건 천희수의 개입으로 흐지부지되고 말았다.

"크리스, 괜찮으면 장여옥 씨한테 다음 촬영 장소로 가 주십사 말씀드려 줄래?"

"그러죠."

크리스가 영어로 천희수의 말을 통역해 전하자 장여옥은 하는 수 없다는 듯 어깨를 으쓱였다.

"내 정신 좀 봐. 크리스, 그러면 곧장 가겠다고 전해 주렴."

"네."

크리스를 통역으로 천희수와 장여옥—도중에 매니저가 바통을 이어받았다—의 촬영 스케줄 이야기가 오가는 동안, 방준호는 그런 크리스를 물끄러미 보다가 윤아름에게 슬쩍 말했다.

"저 애, 2개 국어를 아주 자연스럽게 하네?"

"네? 감독님도 하시잖아요."

"에이, 아무리 그래도 저 정도는 아니야. 방금도 나는 내가 아는 표현만 썼을 뿐이고."

둘의 두런두런한 대화를 엿들으며 크리스는 '내가 좀 너무 나댔나?' 생각했다.

"흠, 어쩌면 혹시……."

방준호는 혼잣말을 중얼거린 뒤, 눈에 보기에도 다음 차례를 기다리는 듯 그 자리에 대기하고 섰다.

그사이 촬영 내용과 일정 공유를 마친 장여옥이 크리스를 보았다.

"그러면 크리스, 다음 촬영장에도 따라 올래?"

크리스가 방준호를 힐끗 쳐다보며 대답했다.

"네, 그럴게요."

"저기, 크리스. 잠깐만."

예상대로 방준호가 크리스에게 말을 건넸다.

"네?"

"내 영화는 아니지만……. 아는 감독님이 구상 중인 영화가 있는데, 혹시 나가 볼 생각 있니?"

내가? 영화에?

크리스는 헛웃음이 터질 뻔한 걸 간신히 눌러 참았다.

'내가 뭐 하러 그런 적성에도 안 맞는 일을 하겠어?'

그래도 말은 들어 보잔 생각으로 잔잔한 미소를 짓고 있으려니 방준호가 말을 이었다.

"영화제에서 만난 감독님이신데. 우리나라…… 그러니까 한국 사람은 아니고, 인도네시아에서 독립 영화를 출품하셨던 분이야."

인도네시아? 거, 꽤 국제적으로 노시는군.

방준호가 말했다.

"그 감독님 말씀으론 지금 구상 중인 작품이 하나 있는데, 엄마를 찾아 인도네시아로 건너온 소녀를 주인공으로 구상 중인 작품이라고 하더구나."

그래? 그거 꽤나 공교롭군.

'인도네시아판 엄마 찾아 삼만 리인가? 뭐, 별로 관심은 없지만.'

그러나 크리스의 사교적인 미소에서 그녀가 흥미 깊게 이야기를 듣고 있다고 착각한 방준호는 재차 말을 이었다.

"다만 작품 내용상 인도네시아 현지인 아역 배우를 캐스팅하기는 어려운 거 같아. 그 감독님은 작품 속에서 인도네시아 화교인과 현지인들 사이의 갈등을 녹여 내고 싶어 하는데, 그 소녀를 동북아시아 쪽 외모의 인물로 구상 중이시거든."

처음에는 방준호의 말을 대수롭지 않게 흘러들은 크리스였지만, 그 이야기를 들으며 이내 머릿속에 문득 떠오른 어느 가능성에 생각이 미쳤다.

'잠깐만, 인도네시아 화교라고 했나?'

인도네시아의 특징 중 하나라면, 소수의 화교들이 인도네시아 경제의 70%, 많게 보는 입장은 80%가량을 장악하고 있다는 점이다.

그런 만큼 인도네시아에서 현지인들과 화교 사이의 갈등은 꽤 뿌리 깊다고도 들었다.

물론 모든 화교가 부유층일 리는 없지만 인도네시아 현지인의 시각은 꼭 그렇지만도 않았고, 이런 선입견에서 기인한 민족적 갈등과 뒤틀림은 소위 '국제 영화제를 들락거리는' 감독에게 구미가 당길 만한 요소이기도 하니 그 소재로 영화를 만들고자 하는 열망을 이해 못 할 바는 아니었다.

'흐음, 뭐, 그런 건 내 알 바 아니지만.'

크리스는 그중 '화교'라는 요소에 집중했다.

'마침 내게는 삼합회로 추정되는 인물의 커넥션도 생겼겠다, 이거 잘만 하면……'

크리스가 생각에 잠긴 얼굴이자 방준호는 그제야 멋쩍어하는 얼굴로 머리를 긁적였다.

"아차, 미안. 크리스한테는 조금 어려운 이야기인가? 그러니까, 화교라는 건 말이야……"

"아뇨, 알고 있어요."

"그래? 인도네시아에 대해서는?"

"잘은 모르지만, 자카르타가 수도라는 것 정도는요."

방준호가 빙그레 웃었다.

"똑똑하네."

그야, 인도네시아는 인구 숫자로 손에 꼽는 시장 중 하나이니 사업가로서 흥미를 갖는 건 당연한 일이니까.

윤아름이 끼어들었다.

"그 나라에 있는 발리는 저도 알아요. 가 본 적은 아직 없지만요."

방준호가 빙긋 웃으며 고개를 끄덕인 뒤 말을 이었다.

"아무튼 나는 크리스가 그 영화에서 엄마를 찾아 인도네시아로 찾아 온 중국인 소녀 역할을 연기해 주면 어떨까 싶어. 마침 영어도 능통하고……. 해외에서 건너왔다는 설정이니까 자바어(인도네시아어)는 전혀 몰라도 상관없어."

"그렇군요."

크리스가 조금 짓궂은 의도를 감추고 물었다.

"하지만 그런 거라면 아름 언니도 있잖아요? 저보단 아름 언니가 훨씬 더 잘하실걸요."

"응? 나?"

조금 흥미롭기는 해도 남 이야기인 양 듣고 있던 윤아름이 어리둥절한 얼굴을 했고, 방준호는 그런 윤아름의 정수리에 손을 턱 얹으며 쓴웃음을 지었다.

"물론 아름이면 뭐든 믿고 맡길 수 있지만, 얘는 아직 영어가 좀……."

"윽……. 반박할 수가 없네요."

뭐, 그렇게 정론을 펼쳐 말하기는 했지만 방준호의 노림수는 그런 것보단 콩고물을 우선시하는 것이리라.

"혹시 제가 캐스팅이 된다면, 장여옥 씨도 영화에 출연해 주시니까 그런 건 아니고요?"

정곡을 찔린 걸까, 방준호가 헛기침을 하며 장여옥을 힐끗거렸다.

"흠, 흠, 뭐, 그렇게 해 주신다면야 그분도 좋겠지만……."

세 사람 사이에 오가는 한국어를 알아듣지는 못하지만, 자신이 화제에 올라 있다는 걸 눈치채지 못할 장여옥도 아니었다.

"무슨 이야기 중이에요?"

방준호가 조금 당황하며 대답했다.

"아, 그게 말이죠. 음, 이걸 영어로는 뭐라고 표현해야 하나……."

그래서 크리스가 대신해 방준호에게 들은 내용을 장여옥에게 전했다.

"좋은 이야기잖니?"

장여옥이 눈을 반짝였다.

"심지어 영화 내용도 크리스에게……. 아차, 이건 '프라이버시'였지?"

저 여자가 일부러…….

방준호는 장여옥이 말한 '프라이버시'란 말에 조금 흥미가 동한 눈치였지만, 어쨌거나 '프라이버시'였기에 일부러 더 파고들지는 않았다.

"예, 그러면 어떨까 하고 문득 생각이 나서요."

"그렇군요. 저야 물론 좋은 생각이라고 생각하지만……."

장여옥이 쓴웃음을 지으며 크리스를 보았다.

"이 애는 바이올리니스트이지, 연기자(Actor)가 아니거든요."

"아, 예. 그렇기는 합니다만…… 그러면 구상에 없던 길거리 연주 장면도 뽑을 수 있을 것 같고요."

방준호의 말이 끝나기가 무섭게 장여옥이 말을 받았다.

"하지만 그건 그 감독님 작품이지, 방 감독님 작품도 아니잖아요?"

장여옥이 미소 띤 얼굴로 던진 말에 방준호는 움찔했다.

반쯤 농담을 섞기는 했지만 아까 한 약속도 어디까지나 '방준호 감독의 작품'일 것임을 전제한 내용이었다.

'저러는 걸 보면 방준호도 아직 젊군.'

방준호의 참견도 어디까지나 선의에 기인한 행동일 뿐이고, 좋은 작품을 보고 싶다는 영화인의 욕심이 앞섰을 뿐이리라.

하지만 설령 거기에 나쁜 뜻은 없을지라도 그건 사실상 '불필요한 참견'이고, 그녀는 크리스를 미끼로 자신을 움직이려 한 방준호를 향한 장여옥의 은근한 불쾌감을 지적한 것이다.

'그래도 여기선 내 계획에 필요하기도 하고, 조금 방준호의 편을 들어 줄까?'

크리스가 개입하려던 찰나, 등 뒤에서 중얼거림이 들렸다.

"괜찮을 것 같군."

웨이치가 툭하고 중얼거린 말에 윤아름과 방준호는 그제 야 그가 여기 지금껏 그림자처럼 있었다는 것을 눈치채고 조 금 흠칫했다.

그러거나 말거나 그들의 시선을 받은 웨이치가 담담히 말 을 이었다.

"게다가 다른 사람도 아니고, 네가 좋아하는 그 감독의 추 천이잖아? 아무나 언급한 건 아니겠지."

"웨이치."

"그리고 그건……."

웨이치가 영어에서 예의 중국 방언으로 고쳐 무어라 말하 자 장여옥의 표정이 구겨졌다.

그 직후 장여옥은 표정을 고쳐 웨이치에게 그들만이 알아 듣는 중국 지방 방언으로 무어라 따지듯 쏟아 냈고, 웨이치 는 그런 장여옥의 항의를 툭, 툭, 몇 마디 짧은 말로 받아 쳤다.

'흠. 웨이치는 어쩌면 이 기회가 자신이 속한 삼합회 파벌 이 인도네시아로 진출할 수 있을 계기가 될지 모른다고 여기 는 걸지도 모르겠군.'

그것이 웨이치 개인의 야망에서 비롯한 진출 욕심인지, 아니면 그들이 속한 파벌이 위태롭기 때문에 다각도로 마련할 돌파구 중의 하나일지는 모르겠지만.

　'아마도 후자겠지.'

　이후 장여옥은 미소 띤 얼굴로 고개를 돌려 크리스를 보았다.

　"크리스 생각은 어떠니?"

　"저는……."

　크리스는 잠시 생각하다가 고개를 끄덕였다.

　"괜찮을 거 같은데요."

　"……정말?"

　"네. 왠지 모르게 저한테 딱 맞는 각본이라는 생각도 들고요. 어쩌면 이것도 운명이 아닐까요?"

　"운명이라……."

　장여옥은 언짢아하는 얼굴로 한숨을 푹 내쉰 뒤, 이번에는 방준호를 향했다.

　"나중에 자세히 이야기해 보죠. 그 감독님 연락처도 받을 수 있으면 그렇게 하고요."

　정황상 이야기가 물 건너갔을 뿐만 아니라 모처럼 얻은 장여옥의 호의까지 잃고 말았단 생각을 하고 있던 방준호는 장여옥의 말에 눈을 동그랗게 떴다.

　"정말입니까?"

"물론 다각도로 검토는 해 볼 거예요. 저에게도 스케줄이 있고, 그렇게까지 한가한 사람은 아니니…….

"감사합니다!"

넙죽 허리를 굽히는 방준호에게 장여옥이 픽 웃어 보였다.

"감독님이 감사할 일은 아니죠. 대신…… 감독님, 저한테 빚지신 거예요."

"예…….

그리고 장여옥은 연기자답게 180도 태세 전환을 해서, 빙긋 웃는 얼굴로 크리스의 어깨에 툭 손을 올렸다.

"그나저나 크리스, 네가 연기를 할 생각이 있었다는 건 처음 알았어."

"저도 직전까진 없었어요."

크리스가 미소 띤 얼굴로 대답했다.

"하지만 방금 마마에게 말씀 드렸듯 어쩌면 이것도 운명이 아닐까, 생각했거든요. 마침 마마도 유명한 배우고요."

"정말이지 귀여운 말만 하곤…….

그렇게 장여옥의 품에 안겨, 크리스는 속으로 생각했다.

'그래, 이것도 운명일지 모르는 일이군.'

그 뒤 천희수와 앞장서서 갔던 매니저가 '안 오고 뭐 하냐'는 식의 성화를 부려, 그들은 다시 발걸음을 옮겼다.

"크리스."

윤아름이 크리스 곁에 바짝 따라 붙으며 속삭였다.

"방금은 대체 뭐가 어떻게 된 이야기야?"

"아, 그게 말이죠."

크리스는 잠시 멈칫했다가 말을 이었다.

"어쩌면 방금 그 영화에 장여옥 씨가 출연할지도 모른다는 식으로 이야기가 나왔어요."

"정말? 잘됐다!"

윤아름이 고개를 갸웃했다.

"어? 그러면 크리스 너도 그 영화에 출연하겠다는 거니?"

크리스가 미소를 지었다.

"설마요."

물론 그렇다고 해서 크리스가 영화에 출연하고 싶다는 생각을 한 건 아니었다.

'내가 스크린에 데뷔? 그딴 건 억만금을 줘도 안 하지.'

그럼에도 장여옥에게 그러겠다고 한 건, 어디까지나 크리스의 머릿속에 떠오른 계획 때문이었다.

'어차피 투자 단계에서 흐지부지되는 영화는 부지기수거든. 아마 역사의 흐름상 이번 영화 제작도 직전에 엎어지거나 하겠지.'

설령 일이 꼬이고 꼬여 자신이 영화에 출연하게 되더라도, 크리스는 오디션 장소에서 깽판을 놓아서라도 일을 엎어 버릴 생각이었다.

'중요한 건 인도네시아 화교 집단과 엮일 계기야.'

현재 장여옥의 위명이 인도네시아에도 한국처럼 똑같이 먹히는지는 잘 모른다.

하지만 장여옥은 어쨌건 중화권 배우로서 한가락 하는 인물인 것은 사실이고, 그녀가 출연을 결심하면 그 즉시 투자자들의 문의가 줄을 이을 터.

'그리고 나는 그 남의 돈으로 내가 할 수 있는 일을 할 뿐.'

심지어 자고로 투자란 실패의 리스크까지 짊어지는 법이니까.

'관건은 나대신 현지에서 꼭두각시 노릇을 해 줄 심부름꾼이 하나 필요하단 점인데…….'

뭐, 그 부분은 이성진에게 부탁을 해 보기로 하자.

'이 일이 어디까지나 한성진(이성진) 그놈을 위한 거라고 엄포를 놓으면 놈도 별말은 못 하겠지.'

크리스가 말을 이었다.

"연기 같은 건 해 본 적도 없고, 잘할 거란 생각도 안 들거든요. 그냥 말만 그렇게 해 보신 것뿐이겠죠."

"……그렇게 생각하니?"

"제 생각으로는요. 그도 그럴 게, 감독님은 오늘 저를 처음 보셨는걸요? 아마 인도네시아 감독님도 제 오디션을 보면 캐스팅을 취소하실 거예요."

진짜로 하고 싶은 말은 '나는 미끼고, 어디까지나 장여옥이 목표였겠지' 하는 거였지만, 어린애 입에서 그런 말이 나오면

재수가 없을 것 같으니 크리스는 표현을 순화했을 뿐이었다.

그러자 윤아름이 고개를 저었다.

"에이, 아니야. 감독님이 사람 보는 눈은 끝내주거든. 아마 크리스라면 분명 잘할 수 있을 거야."

덮어놓고 그를 신뢰하는 것인지, 아니면 그럴 만한 근거가 있어서 하는 말인지는 잘 모르겠다.

"그래도 저는 저보단 언니가 그 영화에 출연했으면 싶은데요."

"내가? 에이, 무슨."

윤아름이 웃으며 손사래를 쳤다.

"혹시 알아요? 이 기회에 언니가 인도네시아에서 유명해질지."

"아하하, 크리스 너도 참 재밌는 이야기를 다 하네."

이 시대는 아직 한류 열풍 등이 불기 전이어서 그런지, 한국 배우가 해외로 진출하는 건 낯설다 못해 상상도 안 하던 시절이었다.

"게다가 아까도 말했듯, 나는 영어가 젬병이야. 조건이 영어를 잘해야 한다며?"

"배우면 되죠. 필요하면 제가 가르쳐 드릴게요."

만에 하나 일이 틀어질 경우를 대비한 보험 개념으로.

"어차피 회화 정도 수준의 영어가 필요한 것도 아닐 거잖아요?"

"후후, 말만이라도 고맙네. 생각은 해 볼게."

대답 직후 윤아름은 '응? 잠시만……' 하고 중얼거리더니, 이윽고 떨떠름한 얼굴로 크리스를 보았다.

"……왜요?"

"아니 이유는 모르겠는데, 널 보고 있자니 문득 성진이 생각이 나서."

……그렇다고 뭘 그놈이랑 비교를 하고 있어.

그사이 방준호는 장여옥과 그녀의 매니저를 쫓아가 무어라 이야기를 나누었고, 크리스는 윤아름과 대화를 이어 가며 슬쩍 그쪽으로 귀를 기울였다.

"예? 영화 출연? 그것도 인도네시아?"

매니저는 자신이 없는 사이 진행된 일에 어처구니없어하는 얼굴이 되었다.

"그런 걸 한마디 상의도 없이 진행하면 어떡해요."

"아직 확정된 건 아니야."

장여옥은 고개를 돌리지는 않았지만 명백히 웨이치를 의식하며 대답했다.

"아직 거기 감독님이랑 이야기를 해 본 것도 아니고……. 물망 단계에서 일이 엎어지는 건 흔히 있는 일이잖아?"

"그래도 그렇죠."

매니저가 원망스런 눈초리로 방준호를 보았다.

"방 감독님도 그런 제안은 에이전시를 먼저 거쳐서 해 주세요."

"하하, 죄송합니다."

"에휴. 그러면 저는 추후 에이전시 측에 구두로 전달을……."

그때 잠자코 있던 웨이치가 중국어로 끼어들었다.

"아니 그쪽은 우리가 하지."

"예?"

매니저는 왜 그쪽이 끼어드느냐는 식으로 웨이치를 보았고, 웨이치가 담담히 대답했다.

"우리 구미에 맞는 이야기 같아서. 그 건은 우리가 먼저 검토해 본 뒤 넘겨주도록 하겠어."

"……."

"그러면 그런 걸로 하면 되겠나?"

매니저는 아랫입술을 잘근 깨물며 웨이치를 노려보다가 고개를 휙 돌렸다.

"알아서 하세요!"

그 사이에 끼어 두 사람이 무어라 중국어로 싸우듯 이야기하는 걸 듣던 방준호는 난처해하는 얼굴이 됐고, 장여옥은 그런 방준호에게 담담히 말했다.

"별거 아니에요. 미리 말을 안 해서 혼난 거뿐이거든요."

"어쩐지 죄송하군요. 죄송합니다, 저……."

웨이치가 대답했다.

"웨이치. 그리고 흔히 있는 일이니 신경 쓰지 마시오."

"아…… 예. 웨이치 씨."

방준호는 장여옥의 소속사 내부에서 매니저끼리 갈등이라고 생각하는 모양이지만, 중국어로 된 이야기로 전말을 알게 된 크리스는 역시나, 하는 얼굴로 고개를 주억거렸다.

'아무래도 웨이치가 속한 조직과 매니저가 속한 소속사는 직속 상사의 파벌이 다르거나 별개의 조직인 모양이군.'

그리고 둘 중 어느 쪽의 입김이 더 강한지는 말해 무엇 하랴.

웨이치가 방준호에게 말했다.

"아무튼 그렇게 됐으니, 그 일은 저희 쪽에서 알아본 다음 진행하겠소. 명목상이긴 하지만 이쪽에서 그 영화의 투자자 개념으로라도 관여를 해야 윗선도 납득을 할 거 같거든."

웨이치의 영어가 어려운지 방준호는 조금 헤매며 힐끗, 도움이라도 요청하려 크리스를 보았지만, 이내 '상식적으로 애를 끼워서 할 이야기가 아니'라는 생각을 했는지 본인이 답했다.

"그러니까, 장여옥 씨 소속사에서 먼저 일을 알아보신다는 거죠?"

"비슷하오. 결과는 회의 후 통보하겠소."

그 이야기를 저렇게 요약해서 정리해도 좋은 건가, 하고 크리스는 생각했다.

'뭐, 방준호가 직접 감독을 맡을 작품도 아니니, 그가 상관할 바는 아니겠지.'

방준호는 일이 일단락되었다고 생각하는지 안심한 얼굴로 윤아름과 크리스에게 돌아왔다.

"어떻게 됐어요?"

윤아름의 질문에 방준호가 씩 웃었다.

"잘 해결됐어."

방준호가 크리스를 보며 말을 이었다.

"그러면 크리스. 빠른 시일 내에 백하윤 대표님을 만나 뵙고 말씀을 드리고 싶은데…… 어떻게 할까?"

"아……."

크리스가 우물쭈물하며 대답했다.

"저, 감독님. 백하윤 선생님께는 당분간 비밀로 해 주시면 안 될까요?"

"응? 비밀로?"

"네, 아직 마음의 준비가 안 되어서……."

방준호는 난처한 얼굴이 됐다.

"하지만 이 이야기는 크리스 네가 영화에 출연하는 것이 전제였는데."

"죄송해요. 그리고 한국에 온 지 얼마 되지도 않았는데, 벌써부터 제가 바이올린이 아닌 다른 일을 한다고 하면…… 백하윤 선생님께서 실망하실 거 같아서요."

"으음……."

시간을 끌 나름 그럴듯한 이유라고 생각했는데, 혹시 설명이 부족했나?

'하긴, 이 사람들에겐 내가 백하윤 집에 얹혀사는 걸 조만간 청산하게 된다는 걸 아직 말하지 않았군.'

그래서 크리스가 '곧 백하윤의 보호자 노릇도 끝난다'는 내용을 덧붙이려 할 때 윤아름이 거들고 나섰다.

"저도 그게 좋을 거 같아요."

크리스가 영화 출연에 대해 수줍어하며, 이를 아직 고려중인 사안이라고 믿고 있는 윤아름은 용기를 내서 말을 이었다.

"그리고…… 만약 크리스가 안 된다면 제가 오디션을 볼게요."

"아름이 네가? 괜찮겠어?"

"네. 그때를 대비해서 영어 공부도 열심히 할게요. 그야 제가 장여옥 씨의 파트너로 급이 맞을지는 모르겠지만……."

"아니야."

방준호가 고개를 저었다.

"아름이 너라면 충분해. 장여옥 씨가 네 연기를 칭찬한 건 빈말도, 거짓말도 아니었으니까."

"정말요?"

"그래, 장래 훌륭한 배우가 될 거라고 하시더구나."

방준호의 말에 윤아름은 수줍게 웃었다.

좋아, 그럼 여기서 윤아름의 말에 거들고 나서 볼까.

"네, 저도 제 출연 여부에 대해서도…… 어디까지나 장여옥 씨가 저를 귀엽게 봐 주셔서 그런 말을 하신 것뿐이고, 실제로는 아마추어에 불과한 제 출연 유무를 필수라고 생각하시지는 않을 거라고 생각해요."

실제로 그 일은 이제 웨이치가 속한 조직이 인도네시아로 진출할 구실이자 발판이 되었으니, 설령 크리스가 여기서 발을 뺀다더라도 장여옥이 어찌 할 바가 아니게 됐다.

"하긴……. 장여옥 씨는 일에서 프로니까."

방준호도 그 말에 넘어갔는지 납득한 얼굴로 고개를 끄덕였다.

"알겠다. 그럼 일이 진행되는 걸 봐 가며 조율하도록 하자."

"네."

"그래도 스크린 테스트는 한번 봤으면 싶은데. 크리스라면 왠지 잘할 거 같거든."

싫은데.

복도 끝 엘리베이터를 앞에 두고 방준호가 손목시계를 힐끗 살폈다.

"아, 너희는 다른 촬영장으로 가는 길이었지? 나는 이만 가 보마. 여기서 헤어지자."

"아, 네. 갑작스러우셨을 텐데 와 주셔서 감사합니다."

"하하, 장여옥이 온다는데 만사 제쳐 두고라도 와야지. 그럼."

방준호는 두 사람에게 작별 인사를 남기고 장소를 떠났다.

SBY는 바로 위층 스튜디오에서 일행을 기다리고 있었다.

"하나, 둘, 안녕하세요! SBY입니다!"

SBY일동은 그들이 도착하자마자 합을 맞춰 정중하게 인사했다.

"안눙하세요, 장여옥입뉘다."

장여옥도 미소 띤 얼굴로 그들의 인사를 받았다.

'흠, 저 녀석들인가.'

요즘 가장 잘나가는 5인조 남성 아이돌 그룹이라고 들었는데 현재 인기에 안주하지 않고 싹싹한 모습을 보이는 것이 교육을 잘 받은 모양이라고, 크리스는 생각했다.

"그럼 시간이 빠듯하니까 바로 움직이죠."

매니저가 트레이닝복을 건네며 한 말에 장여옥은 고개를 끄덕이곤 스튜디오 구석 탈의실로 향했다.

들으니 SBY의 곡에 맞춰 함께 안무 연습을 하는 장면을 찍는다던가.

'머리를 잘 썼군. 검찰 조사도 아닌데 인터뷰만 세 번씩 해 버리면 식상하기도 하고…….'

장여옥 본인도 영화에서 무술을 하고는 했기에 몸을 움직이는 이번 일정을 듣고도 흔쾌히 수락했다고 했다.

"언니는 안 해요?"

크리스의 질문에 윤아름이 어깨를 으쓱였다.

"내가 여기서 또 출연하면 너무 밀어주는 것처럼 보이지 않겠니?

그것도 그런가.

그러잖아도 지금 있는 SBY 역시 SJ엔터테인먼트 소속사 인 물들이니, 경쟁사 측에서는 이 사실에 볼멘소리를 뱉을 법도 하겠다.

"그리고 나 몸치란 말이야."

뭐, 아마도 뒤이은 말이 윤아름의 본심이겠지만.

'그게 더 재밌는 건데.'

하지만 이 시대는 아직 스타란 완전무결한 모습만을 보여 줘야 한다는 관념이 뿌리 깊게 박혀 있으니, 크리스는 그 정 도 선에서 납득하고 넘어가기로 했다.

"오, 아름이 왔어?"

SBY의 리더인 찬성이 웃으며 다가왔다.

"네, 오빠. 안녕하세요."

"촬영은 잘 마쳤어?"

"네, 뭐. 사실상 방준호 감독님 혼자서 다 하셨어요."

"그러냐? 고생했어. 어휴, 나도 방금은 어떻게 인사를 했 는지, 지금도 떨린다."

한 차례 호들갑을 떤 찬성은 자연스럽게 윤아름 곁에 있던 크리스를 보았다.

"후배?"

"아뇨. 얘는…… 아는 애예요."

막상 크리스가 누구라고 소개를 하려니 다소 막막했던 윤아름은 크리스를 그냥 '아는 애' 정도로 퉁쳤다.

'남들 앞에서는 잘도 이성진이 데리고 온 애 운운하더니…… 한성진(이성진) 그 녀석, SBY랑은 별로 아는 사이가 아닌 건가?'

크리스가 생각하는 사이 윤아름이 말을 이었다.

"크리스. 인사해. 우리 소속사 대표 가수인 SBY의 리더, 찬성 오빠야."

"안녕하세요. 크리스입니다."

크리스의 소개에 찬성이 고개를 갸웃했다.

"크리스? 예명?"

"본명이에요. 크리스티나 밀러."

윤아름이 거들고 나섰다.

"교포거든요. 미국에서 왔어요."

"오. 우리 미키랑 같네."

찬성이 싱글벙글 웃었다.

"그런데 미키보다 한국말 잘하는 거 아니야?"

"아마 그럴 거 같은데요. 아, 크리스. 소개할게. 저쪽에 있는 오빠는 차례대로 환희, 강혁, 미키, 지수 오빠들이야."

일단 차례차례 소개를 받기는 했지만 인물 면면을 기억하는 것에 일가견이 있다고 자부하는 크리스조차 누가 누군지 당장은 분간을 못 하겠다고 생각했다.

'나이를 먹어서 그런가, 소위 요즘(?) 아이돌 그룹 애들을 보면 다 거기서 거기 같단 생각이 든단 말이야.'

팬 층이 두꺼운 그룹이니 아마 찬찬히 뜯어 보면 각각 개성은 있겠지만, 크리스는 별로 그러고 싶은 기분은 들지 않았다.

'하물며 사내놈들을.'

찬성이 미키에게 손짓했다.

"Hey, 미키! Come on!"

"What up?"

미키가 어기적거리며 다가오자 찬성이 미키에게 크리스를 소개했다.

"이야기 좀 해 보지? 얘도 너처럼 교포래."

"오, 그래? Where?"

크리스가 대답했다.

"브룩클린."

"오, 나는 LA. 만나서 반가워. 새로 왔어?"

찬성이 미키의 한국말을 통역해 주었다.

"소속사에 새로 들어온 배우냐는 질문이야. 아니, 그냥 아름이랑 아는 애래."

"오, 아는 애. 지인."

미키가 싱글벙글 웃으며 크리스에게 영어로 물었다.

"그래서 정확히는 뭐야? 단순한 지인이 여기 오는 건 쉽지 않을 텐데."

서툴게 한국말을 할 때는 머리가 비어 보였는데, 모국어(?)를 쓰니 꽤 예리한 질문을 던져 왔다.

"말 그대로예요."

크리스가 영어로 답했다.

"저는 그쪽 소속사 배우도 아니고 하물며 가수 지망생도 아니거든요. 지금은 바른손레코드의 백하윤 대표님께 신세를 지고 있습니다. 여기엔 그 인연으로 구경 온 거예요."

크리스의 대답에 미키는 눈을 껌뻑껌뻑하더니 찬성을 보았다.

"얘, 영어 잘하네?"

"미국에서 왔다고 했잖아."

"No, 아니. 내 말은……."

미키는 무어라 말하려다가 포기한 듯 머리를 긁적였다.

"아니, 됐어."

그런 미키를 보며 찬성은 빙긋 웃은 뒤 크리스에게 말했다.

"보다시피 좀 단순한 애야."

아니, 잘은 모르겠지만 아마 이 중에선 가장 머리가 잘 돌아가는 녀석일걸.

그 뒤 크리스는 윤아름과 찬성의 주도 아래 멤버들과 인사를 나누었다.

"아, 혹시."

그중 막내인 지수에 대한 소개를 듣자마자 크리스는 그를 알아보았다.

"사무실 DDR 점수 하이 스코어인 오빠예요?"

"맞아. 혹시 봤어?"

"네. 거기 놀러 갔다가 봤어요."

"그래? 의외로 발이 넓네."

"뭐, 애당초 저를 한국에 데려온 사람 중 한 사람이 그쪽 사장님이시거든요."

크리스의 말에 멤버들이 인상을 구겼다.

"엑, 진짜? 만나 본 거야?"

"네. 심지어……."

거기서 윤아름이 끼어들었다.

"아, 맞다. 오늘 녹화는 어떻게 진행돼요?"

윤아름이 아무래도 좋을 말을 꺼내서 화제를 돌리는 걸 보며 크리스는 쟤가 왜 저러나, 하고 생각했지만 별말 하지 않기로 했다.

"아, 응. 장여옥 씨가 우리 노래랑 춤에 맞춰서 뭔가를 한다고 들었는데……. 정확히 어떻게 되는 건지는 모르겠어."

찬성의 말에 강혁이 어깨를 으쓱였다.

"워낙 갑작스러워서 말이지. 뭐, 싫지는 않지만."

환희가 고개를 끄덕여 그 말을 거들고 나섰다.

"맞아, 이제는 이런 것도 익숙하니까."

강혁이 쓴웃음을 지었다.

"그래, 그 악덕 사장님 덕분에."

악덕 사장님이라.

그러고 있으려니 환복을 마친 장여옥이 스튜디오로 왔다.

"기다렸죠."

평소부터 관리를 철저하게 하는지, 장여옥은 마냥 마른 몸매가 아닌 잔근육이 꽤 탄탄하게 붙은 몸을 유지하고 있었다.

"아닙니다. 아, 저는 SBY의 미키라고 합니다."

영어를 할 줄 아는 미키가 대표로 나서며 멤버들을 차례차례 소개했다.

그때부터 촬영이 시작되어 크리스와 윤아름은 자연스레 카메라 각도 바깥으로 물러섰고, 그들은 미키의 통역하에 간단한 잡담을 나누며 SBY의 대표곡에 맞춰 춤을 추었다.

'……꽤 잘하네.'

그렇게 촬영 구경을 하고 있으니 윤아름이 툭 입을 뗐다.

"아까는 말이야."

그렇게 운을 뗀 윤아름이 목소리를 낮춘 채 말을 이었다.

"이건 비밀인데, 오빠들은 성진이가 사장님인 거 아직 모르거든."

"네? 진짜요?"

"어쩌다 보니 그렇게 됐어."

윤아름이 픽 웃었다.

"게다가 성진이 말로는 멤버들이 악덕 사장에 대한 투지를 불태우며 더 큰 노력을 하니까 내버려 두라던데?"

"……흠."

이성진의 평판이 어쨌건 크리스가 알 바는 아니지만, 그래서야 재계약에 차질을 빚는 건 아닌지.

"뭐, 말은 그렇게들 하지만."

윤아름이 담담한 어조로 말을 이었다.

"반쯤은 농담이야. 저 오빠들도 성진이가 그렇게 스케줄을 잡아 주지 않았더라면 이 자리에 설 수 없다는 것쯤은 알고 있으니까."

"그렇군요."

"아, 물론 성진이가 우리를 막 굴리는 건 사실이지만. 정말, 악덕 사장이란 말이 딱 어울린단 말이야. 그러니까 크리스도 나중에 계약서는 꼼꼼히 읽어 보도록 해. 알겠지?"

크리스가 픽 웃었다.

"명심할게요."

그렇게, 모든 촬영이 끝났다.

"고생하셨습니다!"

촬영 종료 사인과 함께 스태프 일동과 SBY는 박수를 했고, 그 틈에 낀 장여옥도 웃는 얼굴로 그들을 따라 손뼉을 쳤다.

"어떨 거 같아요?"

"자세한 건 최종 편집본을 확인해 봐야겠지만…… 일단은 잘 나온 거 같군요."

매니저와 박승환도 말은 그렇게 하지만 좋은 장면이 뽑혔다는 걸 내심 확신하는 눈치였다.

'뭐, 내 눈으로 봐도 나쁘지 않더군.'

홍콩에서 온 스타가 SBY의 노래에 맞춰 그들과 안무를 한다?

이는 시청자가 SBY의 팬이 아니더라도 적절히 국뽕을 채워 줄 수 있는 프로그램이면서, 동시에 업계 관계자에겐 '대체 어떻게 프로그램에 섭외할 수 있었던 거냐'는 질문 공세를 이끌어 낼 소재였다.

'한동안 방송가가 꽤 떠들썩하겠어.'

SBY의 리더 찬성이 천희수에게 말했다.

"형, 모처럼인데 저희 회식하죠, 회식."

천희수가 픽 웃었다.

"야 야, 너희들 명색이 아이돌이야."

"에이, 아이돌은 밥 안 먹습니까? 게다가 오늘은 장여옥 씨도 계신데, 오늘 같은 날이 아니면 또 언제 장여옥 씨랑 식사를 할 수 있겠어요?"

"애당초 장여옥 씨가 회식에 따라오실지 안 오실지도 모르는 마당에……."

장여옥도 한국에 체류하며 자신의 이름이 한국에선 '장여옥'이라고 발음된다는 걸 잘 알고 있었다.

"무슨 이야기예요?"

장여옥은 매니저가 건넨 수건으로 땀을 닦으며 그렇게 물었고, 촬영 중 통역을 담당했던 미키가 대답했다.

"우리 리더가 장여옥 씨랑 회식(Hwea-sick)을 했으면 한다고 말하는데요."

"회식?"

"어, 음, 그러니까 한국에만 있는 독특한 문화인데…… 이걸 어떻게 설명해야 할지."

그러자 찬성이 씩 웃으며 미키에게 어깨동무를 했다.

"요, 미키미키. 그러니까 네가 장여옥 씨한테 잘 좀 전해 주라, 응?"

"형, 땀 냄새 나. 붙지 마."

미키는 찬성을 떨쳐 내곤 한숨을 푹 내쉬며 장여옥에게 영어로 전했다.

"굳이 비슷한 표현을 찾자면 저희랑 디너(Dinner)를 함께하잔 의미예요. 덧붙이자면 Staff dinner나 Company dinner 같은 뉘앙스라고 할까요?"

"아하…… 즉, 聚餐[jùcān] 같은 거군요."

"중국어는 모르지만, 아마 그렇지 않을까요?"

그러자 매니저가 떨떠름한 얼굴을 하고 장여옥에게 중국 어로 말했다.

"굳이 하실 필요 없는 일이군요. 거절하시죠. 아니면 제가 적당히 둘러댈까요?"

"아니, 잠깐만."

장여옥이 미키에게 영어로 물었다.

"어떤 식으로 진행되죠? 이를테면 메뉴 구성이라거나."

"아무래도 저희도 대중의 시선을 신경 써야 하는 직업이다 보니, 보통 회사 옥상에서 삼겹살을 구워 먹거나 합니다."

"삼곱살?"

"돼지 뱃살이라고 해 두죠."

미키의 대답에 매니저가 질색하며 영어로 끼어들었다.

"아뇨, 그건 안 됩니다."

"예? 혹시 돼지 싫어해요? 중국인한테 보통 고기라고 하면 돼지를 의미할 정도로 돼지를 좋아한다고 들었는데."

"그런 게 아니라, 장여옥 씨는……."

장여옥이 매니저의 말을 끊었다.

"좋아요, 가죠."

"예?"

매니저가 눈을 동그랗게 떴다.

"Wait……. (중국어)아니 장여옥 씨, 진심이세요?"

장여옥이 중국어로 답했다.

"어차피 이후 스케줄도 딱히 없잖아? 이 기회에 그런 문화를 한번 체험해 보는 것도 좋을 거 같아서."

"고기 못 드시잖아요."

"그것도 한번 해 보는 거지, 뭐. 왠지……."

장여옥이 크리스를 힐끗 쳐다보곤 말을 이었다.

"이제는 가능할 거 같거든. 가서 해 보고 정 안 될 거 같으면 가서 관둘게."

장여옥 본인이 이렇게 말하니 매니저도 두 손을 들었다.

"알아서 하세요. 대신 이번 회식은 방송 촬영 없이 가는 거예요."

"바라던 바야. 나도 그런 모습까지 찍고 싶진 않아."

장여옥이 빙긋 웃는 얼굴로 미키를 보았다.

"방금 매니저도 허락했어요."

"오, 알겠습니다. 그럼 그렇게 전달할게요."

미키가 장여옥의 회식 참석을 전달하자 SBY 일동은 '고기다!' 하며 환호했고, 천희수는 할 수 없다는 듯한 얼굴로 머리를 긁적였다.

"알겠어. 그러면 미리 전화해서 세팅해 두라고 할게."

"But there is a condition(단, 조건이 있어요)."

천희수가 어리둥절한 얼굴을 하자, 미키가 통역했다.

"조건이 있다는데요."

"어……? 설마 한우를 원하시나?"

장여옥은 그들이 뭐라 하건 아랑곳하지 않는 미소 띤 얼굴로 크리스를 보았다.

"크리스, 너도 갈 거지?"

그 이야기를 엿듣고 있던 크리스는 움찔한 뒤 조심스럽게 물었다.

"저요?"

"크리스가 안 가면 나도 안 갈 거야. 어때, 갈 거지?"

거참, 빠져나갈 수 없는 상황을 만들어 두는군.

"삼겹살이라는 건, 저도 처음인걸요."

이건 거짓말이 아니었다.

'삼겹살구이라니.'

전생에도 그런 '서민적'인 것을 체험해 본 적 없던 크리스는 '삼겹살구이'에 대해 사전적인 정보만 알고 있을 뿐, 실제로 그걸 먹어 본 적은 없었다.

하물며 회식은 더더욱.

'회사에서도 다들 내가 참석하는 걸 내키지 않는 눈치였던데다가 나 역시 그런 일에 내 시간을 허비하고 싶지는 않았거든.'

장여옥이 미소 띤 얼굴로 말했다.

"나도 처음이야. 그러니까 가자, 응?"

어쩔 수 없군.

"알았어요, 갈게요."

크리스가 고개를 끄덕이자, SBY 멤버들은 다시 환호했다.

"아 참, 아름이 너도 갈 거지?"

찬성의 말에 윤아름은 떨떠름한 얼굴로 고개를 저었다.

"아뇨, 저는 빼 주세요."

"왜, 다이어트? 네가 뺄 게 뭐가 있다고."

지수가 거들고 나섰다.

"근육 형성에 단백질은 중요해."

"어휴, 됐거든요. ……게다가 원래는 승연 언니랑 선약 스케줄이 잡혀 있던 걸 뺀 거여서요. 이 이상은 저도 힘들어요."

"그러면 승연 씨도 오라고 하면 되지."

"오후 촬영이 있거든요."

그러면 어쩔 수 없군.

윤아름의 완강한 태도에 찬성도 더는 권하지 못하고 고개를 끄덕였다.

"알겠어. 혹시라도 마음이 바뀌면 나중에라도 와."

"생각은 해 볼게요."

그러는 사이 천희수가 박승환에게 말을 건넸다.

"전무님도 함께하시겠습니까?"

그러잖아도 장여옥이 '불교도'인 까닭에 메뉴 선정에 힘을 쏟았던 박승환은 어리둥절한 얼굴로 그 이야기를 듣고 있었다.

"예? 아뇨……."

박승환도 내심 거기서도 좋은 장면이 뽑힐 거란 생각에 욕심이 생기기는 했지만, 그렇다고 '사적인' 뒤풀이 현장까지 카메라에 담는 건 그도 아니다 싶었기에 어디까지나 바람일 뿐이었다.

"아쉽게도 편집 일정이 빠듯해서요. 제가 편집을 하는 건 아니지만, 그래도 자리를 잡으려면 방송국에 얼굴을 비쳐야 하지 않겠습니까."

방송국의 한정된 편집실 자리다툼이 어떤지를 주워들어 알고 있던 천희수는 사정을 이해했다는 듯 고개를 끄덕였다.

"음…… 그렇다면 할 수 없죠."

"그래도 권해 주신 건 감사했습니다. 즐거운 시간 되십시오."

"예."

그렇게 장여옥의 다음 비공식 일정은 여의도 SJ엔터테인먼트 사무실 옥상에서 삼겹살 회식을 하는 것으로 결정되었다.

"운전은 웨이치 당신이 하세요."

매니저가 아득바득 우겨서 장여옥은 스포츠카 운전대를 다시 쥘 수 없었다.

이는 장여옥의 차를 얻어 타고 가기로 한 크리스에게는 잘

된 일이었다.

SJ엔터테인먼트 본사는 분당에 있지만 실무는 대체로 방송국과 가까운 여의도 사무실에서 진행했기에 SBY 멤버들이 본사로 가는 일은 좀처럼 없었다.

그런 만큼 어떤 의미에서는 여의도 사무실이야말로 SJ엔터테인먼트의 핵심이라고 할 수 있었고, 그걸 잘 아는 이성진도 여의도 사무실에 연습실이며 녹음실 등 설비에 돈을 아끼지 않았다.

'꽤나 번듯한걸. 돈 좀 썼겠어.'

아마 이성진은 이곳을 일종의 '성지'로 만들 생각까지 하고 있으리라고, 크리스는 건물 외관을 보며 생각했다.

'실제로 팬들인지 뭔지, 교복 입은 학생들이 입구를 서성이고 있군.'

저런 걸 보면 SBY가 현 대한민국 아이돌 시장—이라고 해봐야 아직 1세대여서 그렇게 박 터지는 레드오션까진 아니지만—에서 가장 잘나가는 그룹인 것 같기는 했다.

'그 오빠들이 지금 옥상에서 삼겹살 회식을 할 생각으로 시시덕거리고 있다는 건 알고 있으려나?'

크리스의 생각과 달리, SBY는 이미 각종 예능 방송에서

'망가진 모습'을 잔뜩 보여 준 적이 있어서 팬들은 개의치 않을 것이지만.

"흐음."

한편 이 현대적 감각으로 디자인된 건물은 장여옥의 취향이 아니었는지, 그녀는 앞서 통통 프로덕션의 낡고 오래된 건물을 보았을 때와 달리 그 정도 감상만을 콧소리로 냈을 뿐이었다.

웨이치가 모는 차는 앞서간 벤을 따라 곧장 건물 지하 주차장으로 향한 뒤, 멤버들과 함께 엘리베이터를 타고 옥상으로 직행했다.

천희수가 미리 말을 전해 둔다더니 옥상에는 바비큐 준비를 마친 상태였다.

"그럼 시작하죠."

다들 한창 잘 먹을 나이여서 그런지, 회식은 찬성의 말을 신호로 쓸데없는 허례허식을 벗어던지고 곧장 고기를 굽는 것부터 시작됐다.

'호오, 이게 삼겹살구이 회식이라는 건가?'

보통은 삼겹살집이라고 불리는 식당에서 행한다는 차이점은 있겠지만, 그 본질은 식당에서 하는 것과 다를 바 없을 것이다.

'요리사 없이 현장에서 셀프로 고기를 구워 먹는다더니, 정말이군.'

최소한의 지식은 갖추고 있던 크리스와 달리 장여옥을 비롯한 매니저와 웨이치는 즉석에서 고기를 굽는 것에 조금 당황한 눈치였다.

　"삼겹살 회식이라는 게 바비큐를 뜻하는 거였나 보네?"

　장여옥의 중얼거림에 매니저가 고개를 끄덕였다.

　"네. 하지만 그런 것치고는 채소류가 많이 보이네요."

　"설마 생야채를 그대로 먹는 건 아니지?"

　"설마요. 야채도 익혀 먹겠죠."

　그러고 있으려니 미키가 잘 익은 고기를 접시에 얹어 몇 점 가지고—고기를 가위로 자르다니?— 그들에게 다가왔다.

　"드셔 보세요."

　"이대로요?"

　"뭐, 쌈을 싸 드셔도 되지만 처음에는 고기의 순수한 맛을 즐긴다는 느낌이죠."

　장여옥은 눈앞의 접시를 보며 심호흡을 한 뒤, 젓가락으로 고기를 한 점 집어 들었지만 입에 넣는 용기까지는 내지 못했다.

　"제가 먼저 먹어 볼게요."

　결국 매니저가 먼저 나서서 고기를 젓가락으로 집어 입에 넣었다.

　"어머, 이거 괜찮네요?"

　"그렇죠?"

"네. 아무런 조리도 없이 단순히 굽기만 한 것뿐인데……
아."

감탄하던 매니저는 조금 뒤늦게 장여옥의 눈치를 살폈고,
장여옥은 어색한 얼굴로 고기를 접시에 돌려놓았다.

"저는 나중에……."

"그럼 제가 먹어 볼게요."

유전자에 그런 것이 각인이라도 되어 있는 것인지, 고기
굽는 냄새에 모처럼 허기를 느끼던 크리스는 장여옥이 내려
놓은 고기를 젓가락으로 냉큼 집어 입에 쏙 넣고 우물우물
씹었다.

'음, 고기군.'

심플하고 단순한 맛.

'하긴, 단순히 철판에 구워 냈을 뿐인 고기가 다 그렇지.'

……뭐, 그게 좋은 거지만.

'흠, 이거 서민들의 문화도 한 번씩은 체험해 볼 만한걸.'

장여옥이 어색한 얼굴로 크리스를 보았다.

"맛있니?"

"맛있네요. 왜 이제야 이걸 알게 됐나 싶을 정도로요."

호들갑을 떨 생각은 없었지만 조금 본심이 새어 나온 게
왠지 부끄러워서, 크리스는 괜한 말을 덧붙였다.

"뭐, 한편으론 인류가 옛날부터 먹어 온 방식이기도 하잖
아요?"

"……."

디자인도 그렇고, 사업도 그렇고, 결국 심플 이즈 베스트라고 하지 않던가.

'말은 그렇게 했지만, 한편으로는 사료를 먹여 가며 양육해 청결하게 도축한 돼지를 신선한 상태로 유통해서 곧바로 구워 먹는다는 이 행위야말로 현대인만이 누릴 수 있는 사치라고 할 수 있지.'

그런데 크리스의 그 말이 장여옥의 가슴속에 있던 무언가를 건드리기라도 한 것일까.

"좋아, 그럼."

그 순간 장여옥은 말릴 새도 없이 고기를 입에 넣었다.

"음."

장여옥은 고기를 입에 넣은 채 뭐라 형언하기 힘든 표정이 되었다.

"뱉어도 돼요."

매니저의 말에도 불구하고, 장여옥은 입에 든 고기를 씹은 뒤, 꿀꺽 삼켰다.

"맛……있네요."

그렇게 말하는 장여옥의 눈에는 어째서인지 눈물이 조금 맺혀 있었다.

"맛있어요."

그 말을 들은 미키는 '울 정도로 맛있나?' 하는 얼굴로 장여옥을 바라봤지만, 왠지 그런 걸 물으면 안 될 거 같다는 생각을 했다.

모인 사람들의 배경도, 입장도, 나이도, 심지어 국적마저 제각각이었지만 옥상 회식은 시간이 갈수록 무르익었다.

"We all live in a yellow submarine, Yellow submarine, yellow submarine……."

이번 방한으로 쌓인 스트레스를 풀어 버리려는 모양인지 그 딱딱한 장여옥의 매니저조차 소주에 취해 천희수의 통기타 반주에 맞춰 비틀즈의 노래를 불렀고, SBY 멤버들도 흥에 취해 코러스를 넣어 댔다.

'잘들 노네. 비틀즈의 인기는 만국 공통이군.'

크리스는 옥상 구석에 놓인 벤치에 앉아 그들을 지켜보며 주스를 홀짝였다.

'흠, 이게 회사 회식인 건가? 이런 걸 겪고 나면 부서 내부 결속이 단단해지겠어.'

물론 지금 이들이 하는 건 일반적인 회사 회식과는 많이 달랐지만, 크리스도 거기까지는 생각하지 못했다.

'그렇다고는 해도 이런 서민적인 분위기는 영 익숙해지질 않지만.'

그렇게 크리스가 거리를 두고 그들을 관찰하고 있으려니 SBY의 리더, 찬성이 다가왔다.

"크리스, 잘 놀고 있어?"

"아, 네."

"그런 거치고는 덜 먹은 거 같은데. 별로였니?"

"아뇨, 배가 불러서요. 맛있게 잘 먹었습니다."

"그렇다면 다행이고."

찬성이 빙긋 웃었다.

회식을 하며 관찰한 바, 찬성은 그룹의 리더답게 사람들 챙기는 일을 꽤 잘했다.

"그나저나 크리스. 아까는 제대로 이야기를 못 나눴는데, 미국에서 왔다면서?"

"네."

"한국에는 어떻게 온 거야? 부모님 따라서?"

크리스가 어깨를 으쓱였다.

"뭐, 비슷해요."

그에게 자신이 고아나 다름없는 몸이라는 이야기를 구구절절 늘어놓는 건 불필요한 일이라고 생각했던 크리스는 자신의 입장을 모호하게 처리했다.

"그래? 아무튼 잘 왔어. 보다시피 가족 같은 소속사니까, 앞으로 잘 지내 보자."

들으니 찬성은 크리스를 SJ컴퍼니에 소속된 아역 배우 내지는 연습생 정도로 여기는 듯했다.

"저는 SJ엔터테인먼트 관계자가 아닌데요."

아무리 그래도 그 정도는 정정해 줘야지.

"어? 그랬어?"

나중에는 어떻게 될지 모르지만, 일단 지금은 아니다.

"네. 미키 오빠한테는 말했는데, 지금 저는 백하윤 대표님께 신세를 지고 있지만 배우도 가수 지망생도 아니거든요."

"응? 그러면?"

"바이올리니스트예요."

크리스의 대답이 의외였던지, 찬성은 얼떨떨한 얼굴로 그녀를 보았다.

"바이올리니스트? 이렇게 어린데?"

"들으니 저에게 재능이 있다나 봐요. 그래서 백하윤 대표님이 저를 제자로 삼아 한국에 데려오셨어요."

백하윤이 대중문화계 전반에 끼치는 영향력만큼이나 그녀가 대한민국 1세대 바이올리니스트로서 명망이 높다는 건, 알 사람은 다 아는 이야기였다.

또, 그런 만큼 백하윤이 클래식에 엄격한 잣대를 세우는 것까지도.

"그랬구나. 언제 한번 들어 보고 싶네."

"네, 지금은 없지만 언젠가 기회가 닿으면요."

여기까지 바이올린 케이스를 가지고 왔다간 파티 연주자로 전락할 것 같아, 일부러 장여옥의 스포츠카에 바이올린을 놔두고 온 크리스였다.

"그런데 장여옥 씨랑 친해 보이던데, 무슨 관계야?"

"친해 보였어요?"

"응."

장여옥이 널 보는 눈에서 꿀이 떨어지는 것 같던데, 하는 말은 속으로 삼켰다.

"그냥 저를 귀엽게 봐 주신 거겠죠. 실은 저도 장여옥 씨랑 오늘 처음 만난 사이여서."

"그랬어?"

"네."

"흐음."

찬성이 고개를 끄덕였다.

"크리스는 사람들이랑 금방 친해지나 보네."

"그렇게 보여요?"

"응, 나랑도 금방 친해졌잖아."

크리스가 빙긋 웃었다.

"네."

이 녀석 좀 봐라, 말을 귀엽게 하네.

보통 어린 나이에 성공하면 눈에 보이는 것 없이 건방져지기 일쑤인데, SBY에게선 그런 모습이 보이질 않았다.

그리고 그건 비단 리더인 찬성뿐만 아니라 다른 멤버들도 마찬가지로 보였다.

'한성진(이성진) 그놈, 의외로 인복이 있는 건가? 애들 한번 잘 뽑았군.'

찬성이 마주 웃으며 말을 이었다.

"아무튼 잘 즐기고 있다니 다행이야. 혼자 있는 것처럼 보여서 왠지 걱정이 됐거든."

"네……."

그 말에 크리스는 찬성이 왜 자신에게 이런 말을 던졌는지 이유를 알 것 같았다.

'혼자 있는 내가 걱정되기도 했겠지만 겸사겸사 나더러 장여옥을 좀 챙겨 보란 의미겠군.'

장여옥은 지금 옥상 난간에 팔꿈치를 괴고서 가만히 종이컵을 홀짝이고 있었다.

'웨이치는 어디로 갔는지 보이지도 않고, 그렇다고 미키에게 그녀를 맡길 수도, 고주망태가 된 매니저에게 맡길 수도 없으니 다 제외하고 남은 지인 후보가 나인 거겠지. 의도는 알겠지만, 애한테 그렇게 에둘러 말하면 보통은 그 속뜻을 못 알아먹는다고.'

그렇기는 하나 찬성이 자신을 '어른 취급'하는 이유도 알 것 같기는 하다.

'그가 지금껏 봐 온 꼬맹이라고 하면 일찍 철이 든 윤아름이나 속은 나와 동갑인 한성진(이성진) 그놈 정도가 전부일 테니.'

크리스가 벤치에서 일어섰다.

"그럼 저는 장여옥 씨도 이 자리를 즐기고 계신지 여쭤보고 올게요."

"응? 그렇게 해 줄래?"

뭐래, 어차피 그런 부탁을 하려고 했으면서.

"네. 찬성 오빠는 아직 영어를 잘 못하시는 거 같으니까요."

"하하, 한 방 먹었네."

크리스는 찬성과 작별하고 장여옥이 있는 옥상 난간으로 향했다.

"마마."

"······아, 크리스."

생각에 잠긴 얼굴이던 장여옥이 미소 띤 얼굴로 크리스를 보았다.

"많이 먹었니?"

"네. 마마는요?"

"보다시피, 아주 배가 터질 지경이야."

말은 그렇게 했지만, 장여옥은 고기를 몇 점 먹지도 않았다.

그러니 찬성이 장여옥을 신경 쓰는 것도, 그런 그녀를 이 자리에 끌어들인 당사자로서 책임감이 없지는 않을 것이다.

'뭐, 그런 그녀가 고기를 입에 넣은 것부터가 장족의 발전이겠지.'

매니저가 놀랄 정도로

'그리고 티는 내지 않았지만 웨이치까지.'

장여옥이 빙긋 웃으며 다시 고개를 돌렸다.

"이번 방한 때 많은 일이 있었지만, 왠지 오늘이 가장 기억에 남을 거 같아."

"일을 많이 하셔서요?"

"후후, 그럴지도 모르겠네."

장여옥은 옥상 위로 불어오는 가을바람을 맞으며 잠시 뜸을 들인 뒤 말을 이었다.

"어쨌거나 홍콩으로 돌아가기 전에 친구에게 감사 인사를 해야겠어."

'친구'라는 말에 크리스는 '최서연을 말하는 건가' 생각했지만 모른 척 물었다.

"친구요?"

"응. 실은 한국에 친구가 있거든. 내가 한국에 온 것도 그 친구가 바람이라도 쐴 겸 와 달라는 부탁이 있어서야."

역시 장여옥은 최서연의 초대를 받고 한국에 온 모양이었다.

'……하지만 왜지?'

전생에는 그러지 않았으면서, 이번 생에는 왜?

'그녀의 유산은 전생에도 겪은 일인데, 전생과 이번 생에 달라진 점이 뭐가 있을까?'

어쩌면 전생에도 최서연은 장여옥에게 방한을 권했을지 모르고, 전생의 장여옥은 그 초대를 거절했을지 모를 일이다.

'그렇다면 역시 전생에는 없었던, 방준호가 감독한 영화가 마음에 들어서?'

그 생각은 저번에도 했지만, 지금 와서는 왜인지 그게 결정적인 변수일 거란 생각은 들지 않았다.

'……결국 열쇠는 최서연이 쥐고 있는 건가?'

언젠가 이성진 본인에게도 한 말이지만, 크리스는 이성진과 자신을 제외한 다른 전생자의 존재를 경계하고 있었다.

'그런데 한성진(이성진) 그놈은 그런 생각은 해 보지도 않았는지 이것저것 눈에 띄게 일을 벌여 놨지.'

생각은 그렇게 했지만 만약 이성진을 만나지 않았더라면, 크리스도 전생을 기억하는 것이 자신뿐일지도 모른다고 생각했으리라.

'하나만 있으면 모를까, 둘씩이나 있으면 세 번째도 없을 거라고는 생각할 수 없지.'

네 번째 이상부터는 생각하고 싶지 않지만.

'그러니 어쩌면 그 다른 전생자는 한성진(이성진)이 전생자라는 걸 눈치채고 있을지 몰라. 아니 높은 확률로 이미 눈치 챘겠군.'

그만큼 이번 생의 이성진이 벌인 일은 전생의 세계를 아는 입장에게 이질적이고 기괴했다.

'소위 말하는 치트를 생각 없이 남발한 거라고나 할까.'

한편으로는 그 덕분에 크리스는 이성진이 행한 '나비효과'
에 묻어가며 자신을 감출 수 있었던 것이지만.

'즉, 이미 정체를 들키고 만 이성진은 차치하더라도 상대에
게는 내 존재야말로 와일드카드가 될 거야.'

그건 상대방 역시 마찬가지로, 그 또한 전생을 기억하고
있는 이성진이 행한 여러 성공에 기대어 이런저런 일을 벌일
수 있게 되었으리라.

그리고 크리스는 지금 그 정체모를 전생자 후보에 최서연
을 올려 둔 채였다.

'다만, 만약 최서연이 전생자라고 할 경우 왜 장여옥을 초
대했는지 그 이유를 모르겠어.'

그러면서 은근슬쩍 메뉴에 함정을 파기까지.

하지만 최서연이 전생자라면 그녀가 무슨 목적으로 장여
옥을 자극하려 한 것인지, 설령 전생자가 아니더라도 왜 그
런 선택을 했는지는 아무리 생각해도 알 수가 없었다.

'……어렵군. 애당초 전생의 기억을 갖고 과거의 시간대에
서 눈을 뜬 것 자체가 말도 안 되는 불가사의한 현상이야. 여
기에 어떤 논리적 정합성을 끼워 넣기란 쉽지 않을뿐더러,
그 어떤 법칙이 있다고도 장담을 못 하겠어.'

그럼에도 이 불가사의한 현상이 환상이라거나 망상이라는
의미는 결단코 아니다.

'다름 아닌 내가 직접 그 현상을 겪고 있으니까.'

그러니 크리스도 이 현상의 진실은 모르지만, 현상에서 이어진 사실만큼은 인정한 채로 논리를 전개하고 있었다.
　'그리고 지금은 왠지 모르게 최서연이 했던 짓이 마음에 걸린단 말이지.'
　딱히 자랑은 아니지만, 크리스는 장여옥이 회식에 참석해 고기를 입에 넣은 것이 자신을 의식해서 했을 것이라 생각했다.
　장여옥이 겉으로나마 고기를 입에 넣을 수 있었던 것이 크리스 자신의 영향이라면, 만약 장여옥이 첫 일정에서 예정대로 '가벼운 육류'를 곁들인 상차림을 받았을 경우에는 무슨 일이 벌어졌을까?
　'프로답게 방송을 의식해서 방금 회식 때처럼 어떻게든 고기를 입에 넣었을까? 아니면 불같이 화를 내며 스케줄을 캔슬?'
　어느 쪽이건 결과를 짐작할 수 없다.
　다만, 화를 내며 스케줄을 취소하더라도 할 말이 없는 행동이니 그쪽 가능성을 유추한다면, 그래서야 '직접' 조언을 한 최서연도 그 책임을 회피할 수는 없다.
　'그랬다가는 한성진(이성진)에게 미운털이 박힐 것도 모자라 그가 최서연을 경계하게 될 터.'
　그건 결코 장난삼아 할 짓이 아니다.
　만일 최서연이 전생자라고 한다면 구태여 이성진의 경계

를 사는 건 경솔한 행동일 것이다.

'전생자라면 추후 삼광 그룹이 어떤 기업으로 성장하게 될 것인지도 잘 알 테니, 그 후계자인 한성진(이성진)을 그런 식으로 도발하는 건 어리석다 못해 섶을 지고 불에 뛰어드는 짓이지.'

최서연도 한가락 하는 인물이기는 하나, 그래 봐야 (미래 기준으로)'한물간' 야당 정치인의 혈육에 불과하다.

그러니 최서연은 장여옥이 현장에서 프로의식을 발휘해 어떻게든 식사를 마쳤을 것이라고 생각했으리라.

'하지만 그래서야 마치 무슨 결과가 될지 뻔히 아는 듯한……'

거기서 크리스는 문득 어떤 생각에 미쳤다.

'……응? 잠깐만. 이건 혹시?'

나는 처음부터 잘못된 전제를 기반으로 사고를 하던 건 아닐까?

다음 권으로 이어집니다

공정거래위원회

현우 현대 판타지 장편소설

중소기업 후려치던 인간 탈곡기
공정거래위원회 팀장이 되다!

인간을 로봇 다루듯 쥐어짜며
갑질로 무장한 채 한명그룹에 충성을 바쳤지만
토사구팽에 교통사고까지 난 성균
깨어나 보니 다른 사람의 몸이다?

새로운 몸으로 눈을 뜨고 나자
비로소 갑질당한 그들의 눈물이 보이는데……
이번 생엔 그 죄를 참회할 수 있을까?

죽음의 문턱에서 얻은 두 번째 삶!
대기업의 그깟 꼼수, 내 눈엔 다 보여!

사령왕 카르나크

임경배 판타지 장편소설

『권왕전생』『이계 검왕 생존기』의 작가 임경배 신작!
죽음의 지배자, 사령왕 카르나크의 회귀 개과천선(?)기!

세계를 발밑에 둔 지 어언 100년
욕망도 감각도 없이 무심히 흘러가는 세월 속에서
결국 최후의 수단으로 회귀를 결심한 사령왕 카르나크!

충성스러운 심복, 데스 나이트 바로스와 함께
막 사령술에 입문한 때로 회귀하는 데 성공!
한 맺힌 먹방을 만끽하는 것도 잠시
뭔가 세상이…… 내가 알던 것과 좀 다르다?

세계의 절대 악은 아직 아무 짓도 하지 않았는데
멸망을 향해 미친 듯이 달려가는 이 세상
저 악의 축들을 저지해야 한다,
인간답게(!) 잘 먹고 잘 살기 위해서는!